primeiro eu tive que morrer

CB125226

2ª edição
1ª reimpressão

1ª edição: setembro de 2020
Reedição: setembro de 2022
2ª edição: abril de 2025

LORENA PORTELA

primeiro eu tive que morrer

TUSQUETS
EDITORES

Copyright © Lorena Portela, 2022
Copyright © Editora Planeta do Brasil, 2022, 2025
Todos os direitos reservados.

Edição e revisão (1ª edição): Raquel Lima
Revisão técnica (1ª edição): Juliana Espanhol
Revisão: Aline Araújo e Tamiris Sene
Projeto gráfico e diagramação: Camila Catto
Capa: Anderson Junqueira
Imagem de capa: Carolina Burgo

Dados Internacionais de Catalogação na Publicação (CIP)
Angélica Ilacqua CRB—8/7057

Portela, Lorena
Primeiro eu tive que morrer / Lorena Portela. – 2. ed. - São Paulo : Planeta do Brasil, 2025.
176 p.

ISBN 978-85-422-3635-4

1. Ficção brasileira I. Título

25-1225 CDD B869.3

Índice para catálogo sistemático:
1. Ficção brasileira

MISTO
Papel | Apoiando o manejo florestal responsável
FSC® C112738

Ao escolher este livro, você está apoiando o manejo responsável das florestas do mundo e outras fontes controladas

2026
Todos os direitos desta edição reservados à
Editora Planeta do Brasil Ltda.
Av. Paulista, 854, 2º andar – Bela Vista
São Paulo – SP – CEP 01310-913
www.planetadelivros.com.br
faleconosco@editoraplaneta.com.br

"Não cortaremos os pulsos,
ao contrário, costuraremos
com linha dupla todas as
feridas abertas."

— LYGIA FAGUNDES TELLES

Porque esta é uma história de amor.

CRIS LISBÔA

"a reta é uma curva que não sonha", disse aquele poeta-menino-passarinho de nome Manoel de Barros e repete agora meu coração, que já está devidamente na ponta dos dedos para te dizer: que bom te saber aqui.

Porque esta é uma história de amor.

E não me entenda mal – não falo aqui daquilo que nós chamamos de amor por hábito: uma pessoa e outra, mãos que ardem quando se esbarram, sorrisos com entrelinhas, o suspiro que acompanha o pedido da segunda garrafa de vinho.

Falo daquele amor que é um despenhadeiro. Que acontece quando o destino sopra areia em nossos olhos para que assim possamos, de uma vez por todas, nos enxergar. Naquilo que Caetano chamou de "avesso, do avesso, do avesso, do avesso". E que é a forja de mulheres-floresta, capazes de alimentar, dar colo, fazer chover.

Em espiral.

Como é existir, "amar, doer, gozar, ser feliz".

Por isso, não se engane, eis aqui uma história de amor.

Que vai te fazer sentir a brisa agridoce de uma existência *muy* cercada das águas salgadas – lágrimas, suor e mar – iludir alguns relógios, retomar um antigo sonho bom. Porque Lorena Portela faz isso. Usa palavras para contar histórias que sussurram: "vai".

A Raquel e a Helena.
A João, com saudades.
A Sandra, sobretudo.

Ceará, Nordeste do Brasil.
Uma história sobre
Gloria, Guida, Luana, Sabrina, Ana,
Amália,
eu e você.

DEPOIS DE BRIGAR COMIGO MESMA POR HORAS, ENTREI NO carro para pegar a estrada rumo a Jeri. Meu corpo não relaxava como deveria e eu não tinha receitas para remédios fortes que me ajudassem em alguma coisa. Encostada no banco, pensei que, quando eu voltasse, alguém estaria ocupando meu cargo na agência. Ou que eu seria rebaixada a pegar campanhas ainda mais fodidas. Quis desistir ainda na minha garagem por sete vezes, mas quando liguei o carro o motor me motivou. E senti, ali em algum canto escondido, um aceno de que estava fazendo a coisa certa.

O tempo de estrada entre Fortaleza e Jijoca é de cerca de quatro horas. No rádio, eu intercalava músicas dos Novos Baianos, da Céu, da Janis Joplin e do Jimi Hendrix. Sempre que eu dirigia ao som de Jimi Hendrix, pensava no quanto a música dele é sensual. O álbum *Electric Ladyland*, por exemplo, me fazia pensar em estar com alguém que reagisse ao som daquela guitarra comigo, enquanto explorava, viajava pelo meu corpo. Eu sentia falta de sexo – bom, entregue, inteiro –, mas não só. Sentia saudade da dança que a intimidade proporciona num passo que é tão raro de sincronizar.

No meu pendrive havia uma playlist de quase duas horas, especial para viagens de carro. Para chegar a Jijoca eu ouvia a mesma playlist duas vezes. Aumentava o volume a ponto de não ouvir meus próprios pensamentos, enquanto tentava acompanhar a voz da Karina Buhr:

"Enfrentar leões, enfrentar
Passar por cima de uma coisa que tá no lugar da outra

Mordida, a pele fica ferida
Prossiga no pasto, no passo e siga a vida
Por fim, a tristeza é amiga da onça
Ensina a enfrentar leões"

Uma vez em Jijoca, que é a cidade mais próxima de Jeri, eu costumava deixar meu carro num estacionamento público, por dez reais o dia. Como agora eu iria ficar por semanas, entrei em contato com um amigo que trabalha com turismo na cidade e deixei o carro com ele. Veículos pequenos não suportam os 45 minutos nas dunas até chegar à vila. Jeri é como uma ilha rodeada pelas dunas de um lado e pelo mar do outro, e o meu Celta – que se enquadrava na categoria pequeno – desistiria nos primeiros dois minutos de areia. Logo, eu tinha que pegar um dos serviços de transporte 4×4 que nos leva à vila, também por 10 reais a cabeça.

Era terça-feira, o próximo feriado seria 7 de setembro, havia poucos sinais de turistas, então, acabei dividindo a picape com moradores locais, que iam à vila a trabalho.

No caminho, olhei deslumbrada as lagoas que se formavam entre as dunas, como se tivesse acabado de descobri-las. Havia chovido poucos dias antes, a despeito do Sol de rachar a cabeça daquela manhã, e a água abundante havia dado às lagoas um tom belíssimo de verde transparente.

As lagoas apareciam aqui e ali, variando de tamanho, nunca de cor, eram sempre verdes. As dunas, altas e tão claras a ponto de doer meus olhos, contrastavam com aquele azul do céu sem nuvem. Um azul denso, ininterrupto, sem falhas.

Minha contemplação foi quebrada quando a picape atolou na areia no meio do percurso, próximo a uma das lagoas. Os homens desceram para ajudar o motorista a desatolar o carro. Não nos deixaram, mulheres, ajudar. Enquanto eles faziam o trabalho, perguntei ao motorista se podia dar um mergulho, coisa rápida. Ele disse que sim, sem problemas, desde que não passasse de cinco minutos e eu usasse a minha toalha para sentar no banco do carro, quando voltasse. E acrescentou, dando risada:

— Olha, dona, a senhora tome cuidado pra não ser uma lagoa encantada, hein?

Ele disse isso mostrando todos os dentes, me fazendo decorar um a um, e os outros acompanharam a risada, repetindo:

— Cuidado, moça, não vai muito fundo, hein? Vamos ficar de olho aqui.

Eu sabia que eles estavam brincando. Lagoa encantada era coisa que minha avó dizia quando passávamos as férias com ela, em Flexeiras. Vovó tinha uma casa naquela praia, que é outro paraíso, e falava de lagoa encantada, de beco encantado, de morro encantado e, quando queria nos deixar pelando de medo, até de assobio encantado.

Quando criança, eu arrepiava só de pensar em ouvir aquele assobio que ensurdecia as pessoas, para começar a sequência de coisas piores que se seguiam, segundo a minha avó. Um assobio fino como canto de passarinho novo, que ninguém sabe de onde vinha, dizia ela. Se eu ouvisse um sopro de vento ali longe, já tremia igual a vara verde, achando que era chegada a hora de o assobio vir me buscar.

A caminho da lagoa, que estava a poucos passos do grupo, me senti entre a dor e a dormência. Pelos meses de trabalho acumulado, pelas horas dirigindo, pelo esgotamento da cabeça que derretia. O vento entre as dunas era forte, quente e os grãos de areia batiam sem piedade na minha pele. Eu usava um biquíni por baixo do vestido, que tirei na beira da água.

Fiquei parada, olhando aquela imensidão cor de areia, cujas formas mudavam de acordo com a vontade do vento. Tanto as dunas quanto as lagoas existiam aqui e ali por uma vontade imperativa da natureza. Do vento, forte o suficiente para mudar as dunas de lugar; e da chuva, generosa, dando forma às lagoas. O cenário resultava numa beleza comovente. Olhei para aquele verde cristalino, o vento sacudindo a água devagar, formando ondas assim miúdas, que dançavam da direita para a esquerda.

Das pequenas criaturas do mundo, visíveis com ou sem lente, eu me sentia a menor. Me imaginei olhando para o meu corpo, lá do alto do céu, e me vendo ali, minúscula. A visão de mim mesma, do alto, me paralisou como Narciso e eu não conseguia entrar na água, embora mergulhar ali fosse tudo que eu queria, tudo que eu precisava. Olhei para trás para me certificar de que o grupo continuava onde eu havia deixado. Eu ouvia as vozes deles conversando, mas precisava ver para confirmar.

— Ihhh, moça, vai entrar ou não vai? Já desatolamos o carro, precisamos ir embora.

— Vou sim — gritei. — Me aguardam três minutinhos?

Meu coração batia acelerado, sem motivo aparente. A adrenalina de decidir mergulhar naquele momento ou não fazê-lo nunca mais me impulsionou para a água, num só afundamento. Com meu corpo inteiro submerso naquele verde transparente, eu não ouvia nada. Nem as vozes, nem o vento, não sentia frio, nem calor. A lagoa era densa, como geralmente é, porque a água doce é diferente da salgada, que ajuda a flutuar. Senti meu corpo de uma forma tão desmanchada e ao mesmo tempo tão inteira, que parecia que a minha alma havia se deslocado e eu era só matéria. Poderia até ser lagoa encantada mesmo, pensei, com o meu corpo de água, fundido em seu próprio elemento. Pairando.

Eu estava a menos de cinco passos da beira da lagoa e, mesmo assim, quando tentei tocar meu pé no chão, não consegui. A ideia de ter ido parar numa profundidade que me cobria até a cabeça me deu medo, mas reagi com calma e dei leves braçadas, até chegar à margem e sair.

Fora da água, me percebi fisicamente sensível a cada toque das gotas, como se eu pudesse acompanhar o caminho que a água fazia no meu corpo. Não só uma gota, mas todas elas ao mesmo tempo, em sequência, cadentes. O barulho do vento também entrava no meu ouvido como um sibilo claro, como uma voz própria, serena. Lembrei da minha avó e sua mania de misticismo. Mesmo com o cabelo colado às minhas costas, sentia o vento passar pela minha nuca. Eu não estava assustada com essas sensações, embora fossem todas novas para mim. Era como ter engolido com o corpo uma droga que me deixava receptiva à água e ao vento, os elementos mais poderosos da natureza.

Depois de me enxugar e colocar o vestido de volta, olhei para trás de novo e estranhei a distância. Não lembro de estar tão longe assim do grupo. Na minha memória de cinco minutos atrás, eles estavam a poucos metros de mim e agora pareciam mais longe e passei a andar mais rápido para alcançar o carro. Coloquei uma toalha enxuta no banco e sentei, com todos os olhos dos meus companheiros de viagem em mim, o que me incomodou, me acuou, mas não reclamei.

Permanecemos num desconfortável silêncio e, depois de dar partida, o motorista - para meu desafogo - perguntou.

— Foi bom o banho?

— Sim, foi muito gostoso — eu disse, visivelmente aliviada com o início de uma conversa.

Os olhos, em grupo, voltaram a me fitar.

— Eu fiz alguma coisa errada? Tenho a impressão que vocês estão me avaliando.

— Não fez não, senhora. Eu só comentei com eles que achei engraçado o carro ter parado aqui. Justo aqui.

— Por quê?

— Nada não, dona, vamos seguir viagem que tem chão ainda.

Não insisti, apesar dos pelos dos meus braços, ainda levemente molhados, terem se levantado. Neste momento, já era possível avistar as primeiras casas. Fui a Jeri mais vezes do que posso contar e ainda sinto a mesma coisa ao ver a vila despontar entre as dunas. Aquela imagem que me traz uma sensação de pertencimento, como se eu tivesse brotado daquele lugar e, a partir dele, tivesse aprendido a existir. A certeza de estar ali porque é ali, e em nenhum outro lugar, que eu deveria estar.

1.

QUANTO TEMPO SE LEVA PARA MORRER?

Pergunto porque tem pessoas que morrem bem lentamente, de doença ou algo assim. Vão morrendo as células, aos poucos, e, então, nada. Ou tudo, quem sabe. Outras se vão rápido. Um tiro na cabeça, bum! Acabou. Uma pancada forte na nuca é daquelas coisas ligeiras que acabam com a vida num instante também. Mas, um instante é quanto, rápido quanto?

E mesmo quem morre devagar, quem está morrendo aos poucos, como dizemos, tem a hora de morrer, morrer mesmo. Aquele segundo – é um segundo, ou um milésimo de segundo ou uma fração de milésimo de segundo? – entre viver e não viver mais. Estar vivo, estar morto. O que separa essas duas coisas, ter vida e não ter?

Os cientistas, os médicos, sabem tudo sobre o desfalecimento do corpo. Os religiosos têm diversas teorias sobre o destino do espírito. No entanto, a questão não é essa. Não é sobre o corpo parar, nem para onde vai a nossa alma. É sobre o que define morrer rápido e morrer devagar, se, afinal de contas, morrer é uma coisa só. Um ato único, indivisível. Qual a métrica de tempo que mede essa passagem, que define o fim da vida?

Eu olhava o relógio na sala de criação. Aquela parede branca com uma luz fria e umas frases pintadas que deveriam ser engraçadas, mas não eram. Publicitário tem a questão da piadinha. A tirada. Ah!, tem que ser uma frase com "tirada", dizem, sabe-se lá que merda é essa. E, às vezes, só para ter a porra da tirada, mete uma frase ruim. Foda-se. Tirada ruim, na cabeça de publicitário, é melhor do que um pensamento decente.

O relógio de novo. Os ponteiros. A métrica da morte.

A vontade de desaparecer era repetitiva, como o relógio que eu ouvia marcando segundo a segundo. O barulho do ponteiro se mexendo tranquiliza e desespera ao mesmo tempo. Acho que isso também acontece quando, à beira do abismo, temos consciência de que é o fim. Deve ser tanto triste quanto pacífico saber que acaba em breve. A dor e o descanso, talvez.

Eu queria mesmo estar bem longe dali. E quando eu pensava em longe, não sei por que, visto que nem é assim tão longe, eu pensava em Jericoacoara, aquela vila que tem a coisa, aquela coisa, que nenhum outro lugar do Brasil tem.

Muita gente, incluindo os *digital influencers* – a nova profissão do mundo inteiro –, fala de lugares na Bahia, em Pernambuco, no Rio Grande do Norte, mas desconfio. Jeri não tem concorrente, mesmo com o ataque obsceno das privatizações que insistem em destruir aquilo ali. Jeri não é de ninguém e insistir nisso é tipo querer ser dono do céu, sabe? Sequer é um lugar físico. Quer dizer, sim, existe no mapa, mas é besteira definir as coisas assim, com linhas e demarcações. Jeri é pé na areia, caipirosca de seriguela em copo de plástico, PF depois da praia, crepe à noite, brownie de ervas clandestinas, forró com cachorro assistindo, pão quentinho de madrugada e pousada barata, porém honesta. É o pôr do sol com banho de mar mais reenergizante que existe. Ninguém pode ser dono dessas coisas.

Aquela vila pequena é um espaço de sensações que eu repassava na cabeça justamente por não tê-las. Ou por tê-las tão distantes – de mim, do agora – que era como se nem existissem.

Eu estava trabalhando, já há quase seis anos, como coordenadora criativa em agências de publicidade, depois de uma passagem por jornais e estudos fora do país. Dois anos naquela agência atual. Comandava uma pequena equipe e era subordinada a um diretor de criação que comandava a todos.

Um cara muito menos competente do que tinha certeza que era. Menos talentoso do que pensava, mas que se vendia bem e isso conta bastante num mercado cujo propósito é fazer com que todo mundo compre mentiras e finja ser feliz com isso. Ele era o sanduíche que você recebe daquela rede de *fast-food*, que é tão diferente da foto. O vestido que você recebeu do site duvidoso, comparado à imagem que lhe fez confirmar a compra.

Dentre as competências do meu diretor de criação estava a de duvidar de ideias boas do restante da equipe, apenas porque não tinha sido ele o cérebro por trás delas. Também era deveras competente em, acidentalmente, mandar fotos não solicitadas do próprio pênis numa conta do Snapchat que eu usava pouco. Geralmente o acidente acontecia de madrugada. Ainda era bom em gastar metade do salário – alto – em cocaína. Que, às vezes, cheirava no banheiro da agência mesmo. Mas, para isso, eu não dava a mínima.

Era daqueles homens que bastava ver uma vez e qualquer um saberia que, dentre todas as profissões no mundo, ele só podia ser publicitário. O orgulho de ser clichê. Um homem assim, digamos, bonitão até, tem quem goste. Barba e cabelo bem cheios, armações de óculos grossas, pretas. Solteiro, mais de 40 anos na fuça e camisetas de personagens de desenho animado. Tênis com estampa quadriculada. Mais dinheiro gasto em tatuagens do que em livros ou viagens, isso era óbvio. Um filho de 6 anos, criado e sustentado só pela mãe, que ele via a cada 15 dias, mas que rendia fotos, legendas e hashtags bonitas no Instagram. Escrevia sobre o feminino, palavras dele, sem fazer a menor ideia do que estava fazendo. Amava as mulheres, seus corpos, sua liberdade, mas detestava maquiagem, por exemplo. Descobri quando ele disse, para quem quisesse ouvir na sala de criação, que não ia mais sair com fulana de tal porque ela usava maquiagem demais. Eu conhecia a moça e ela me parecia agradável, gente boa, inteligente. Mas foi desqualificada porque gostava de pintar a cara. O nosso homem em questão amava a liberdade, desde que não fosse a liberdade da mulher de pintar o rosto da forma que bem entendesse. E já eram os anos 2000.

Também era DJ, claro, não tinha como não ser. E popular nas redes sociais. Elogios como "foda", "gênio" eram numerosos nos comentários de suas fotos – as que eu rolava minutos a fio a fim de alimentar o desprezo e o desgosto. *Gênio*. A descrição dada a Einstein ou, sei lá, a Saramago, era distribuída sem economia ao meu diretor de criação, o rei da tiradinha.

Os elogios, muitos, vinham de mulheres, sim, mas principalmente dos amigos homens, tremenda *broderagem*. É curioso observar que homens são econômicos ao elogiar mulheres pelas quais eles não têm interesse sexual. Não é comum ver comentários masculinos sobre trabalhos ou performances femininas em perfis ou sites de intelectuais, artistas, cantoras, filósofas, escritoras e afins. Mas esses mesmos homens não perdem tempo em lamber e alimentar o já grande ego uns dos outros nas redes sociais ou em qualquer espaço público. Querem ver um homem babar? Coloquem outro cara mediano na frente dele.

Entre fotos de pênis meio embaçadas e flagras de um nariz esbranquiçado, eu passava meus dias – e noites – na agência. Sacrificava fins de semana, feriados, saúde, mente, corpo. Relacionamentos também.

Não que terminar os relacionamentos que eu tinha fosse uma grande tragédia emocional, convenhamos. Mas os amores nasciam e morriam sem que eu me desse conta da *causa mortis*. Na boca deles, dos caras, o obituário vinha com o meu nome na causa. Devia ser mesmo, nunca contestei, não tinha ânimo para isso. Às vezes, nem abria a porta para que eles saíssem. Quando sair, apaga a luz, eu dizia, preguiçosa, largada, sem energia nem para odiar.

Esta sequência de lembranças era repetitiva na minha cabeça. Diariamente. Incansavelmente. Uma cascata ininterrupta. Um pensamento que levava a outro e trazia outros, e outros, me levando para um buraco cujo fundo podia sempre ir além.

Quando a velocidade desses pensamentos aumentou, contrastando com os meus movimentos, chegou a mim a notícia de que eu precisava de uma pausa. Não de férias, que me deixavam mais cansada. Pausa mesmo. Um hiato, um espaço de tempo determinado clinicamente para que eu pudesse me cuidar. Tratamento foi uma palavra que escapou uma vez. Achei meio forte e mudaram a palavra. Tiveram mais atenção e virou "se cuidar". Essas palavras se amontoavam num conjunto de significados que eu desconhecia.

A sugestão, na verdade, veio da Denise, minha amiga terapeuta, e de meia dúzia de outras amigas preocupadas com os meus aparentes cansaços físico e mental, com o meu isolamento por conta do trabalho, com minhas olheiras e perda de peso. Essa última era algo que me incomodava, especialmente.

Os elogios ao meu corpo chegavam sem convite. Perguntavam sobre o tipo de dieta que eu fazia, se era a do carboidrato, da proteína, da lua, do chá, do jejum. Diziam que eu estava elegante. Eu achava curioso o uso do adjetivo elegante relacionado a mim, enquanto eu usava calça jeans, camisa e tênis. O cabelo estava sempre preso num rabo de cavalo preguiçoso. O elogio, no entanto, era recorrente. E tudo que eu via em mim era alguém que não comia por apatia, porque o mundo era um lugar sem gosto, porque acordar todas as manhãs para cumprir prazos inviáveis e lidar com um diretor tirano e boçal é dessas coisas que impedem a comida de passar pela boca.

Além da montanha de trabalho, a relação com ele, o diretor, transformava a minha energia em lodo. Mais ainda porque eu era uma das únicas três mulheres da equipe (incluindo uma estagiária) e nosso chefe o apoiava em quase tudo. Tinha muita discussão dentro da sala, muita interrupção em reuniões, muita refação sem sentido. O trabalho caía como uma pedra na minha mesa, num passe de mágica, sem sequer ser cogitado para outra equipe. Os trabalhos criativamente menos desafiadores eram meus. Alguns dos mais desafiadores também, quando o intuito era ganhar concorrências.

Não que eu fosse santa, porque eu não era. Eu rebatia, também brigava, gritei umas vezes porque ainda tinha sobrado algum sangue nas veias. Deixava claro que discordava, tentava buscar, em vão, ajuda para mudar o cenário. No entanto, eu estava sozinha nessa ilha. Quando o volume de trabalho aumentava, eu me entregava. Quando eu resistia, era pensando nas outras duas mulheres da equipe, que tinham cargos abaixo do meu na hierarquia da agência. Uma assistente e uma estagiária. Eu brigava porque imaginava as duas pensando: se ela não fizer nada, que esperança nos sobra?

Em alguns momentos, me animei, achando que eu poderia ganhar essa briga. Depois de um tempo, anos, eu não estava mais preocupada em ganhar briga nenhuma, eu só não queria desistir. Como se fazer isso demonstrasse fraqueza, como se desistir de toda aquela merda fosse me diminuir ainda mais, como se fosse possível ficar menor do que aquilo em que eu tinha me transformado. Eu ainda não sabia que desistir, em muitos casos, é ganhar.

E então eu trabalhava doente, com cólicas delirantes – algo que homens são incapazes de entender por pura limitação física, mas que poderiam tentar –, com problemas graves na família, com dor de barriga, com relacionamento fodido. Já havia chorado no banheiro, já havia vomitado de nervoso, escondida, para ninguém me ver. Tomava doses de café e energético suficientes para manter um cavalo de corrida acordado. Dirigia meu carro de manhã pressionando a lateral da minha barriga contra a fivela do cinto até ficar a marca, até criar uma crosta, até eu tirar a casca. Para sentir dor e esquecer o nervosismo de estar a caminho do trabalho. Um autoflagelo antes das 8h. Era meu café da manhã. Bom dia.

Tudo por um salário decente - que pagava minhas contas, meu aluguel de apartamento com varanda, minha terapia, e sobrava, ok - mas era principalmente por razões que eu não entendia. Também para ver aquele babaca com quem eu dividia uma sala ganhar prêmios à custa da minha equipe, em festas que eu odiava, com gente que eu desprezava.

Como é patética a figura de alguém que ama ganhar sozinho os louros de uma equipe inteira. Ele lá, em cima do palco, aplaudido, vomitando ética e trabalho duro. A lembrança do pau dele, mediano e meia-bomba depois de uma patolada nervosa, bem diante dos meus olhos.

Eu não costumava recorrer a memórias do passado, mas a foto daquele pênis me lembrava com mais nitidez do que eu gostaria da primeira vez em que fui constrangida no trabalho. Assédio não era uma palavra que usávamos muito naquela época. Adotávamos, quando muito, um "constrangimento", uma coisa que não parece assim tão grave.

Foi no alto dos meus 19 anos, dois anos depois de eu ter perdido a virgindade com um namorado que me adorava. E que, por me amar *tanto e tanto e tanto*, como dizia, me pressionava dia e noite para que o sexo fosse a prova da reciprocidade. Acabou que provei meu amor e depois tinha que provar mais. E as provas de amor não podiam parar. Mas essa é outra história.

Dezenove anos, meu primeiro estágio de quatro horas e um salário risível. Uma ajuda de custo, digamos. *Mas que sorte a sua, muitos não conseguem estágio no primeiro semestre da faculdade*, a frase se repetia com frequência. Meu chefe era feio, dentes horríveis, uma cara mal diagramada mesmo, e pequeno, casado, dois filhos, uns 50 anos. Um dia me chamou para sair, para ir vê-lo tocar num show de rock. Rá!

Não entendi o convite, ele insistiu. Depois entendi o convite, mas fingi que não. Talvez para ser mais claro, ele criou o hábito de fazer massagens nos meus ombros quando passava por trás da minha cadeira, sob o olhar atento dos meus colegas. Eu com meu corpo teso, gelado, torcendo para que fosse só massagem, implorando aos deuses nos quais eu não acreditava que aquele projeto de homem só quisesse acariciar minhas costas enquanto eu engolia a ânsia de vômito, o próprio vômito, mas que fosse só aquilo e que acabasse logo. Ele sempre teria massagens para fazer considerando a tensão que me causava e meus ombros, sempre rijos de medo, eram motivo de observação, ora vejam só. Nossa, você está muito tensa, gatinha, precisa relaxar um pouco, dizia, com a voz melosa e doce como flor de funeral. Eu queria relaxar, na verdade. Mas as mãos dele em cima de mim não ajudavam muito.

Passei a sentir a barriga a menos cinco graus Celsius a cada vez que ele se aproximava. Minha concentração diminuiu ao longo dos meses e levou meu rendimento junto. Com a produtividade baixa, o projeto de hobbit pediu para que eu sentasse numa mesa bem ao seu lado, para que ele pudesse acompanhar meu trabalho mais de perto. Vai ser bom pra você, ouvi. Ao invés de melhorar o meu ritmo e a minha performance de trabalho, passei a ouvir ligações que ele fazia para mulheres com conteúdo nauseantemente erótico. O fato de eu estar bem ao lado dele não o inibia, pelo contrário, alguma coisa me dizia que o fato de eu estar ali do lado era o que o encorajava. E tinha o extra de um barulhinho feito com a boca, os lábios se despregando daquela caverna medonha, cheia de dentes tão feios quanto.

A minha vergonha, no entanto, aumentou quando comentei por alto sobre o meu incômodo com um colega e ele me disse que eu era simpática demais e que, talvez por isso, o chefe tenha se sentido à vontade comigo, que não era motivo para histeria da minha parte. Histeria. Eu não estava histérica. Eu estava tensa. Com medo. Com vergonha. Eu tinha 19 anos. Era meu primeiro trabalho. Eu não sabia o que fazer. Foi a minha primeira desistência de um emprego. Mal sabia eu que os próximos não seriam assim tão diferentes.

Mas isso faz tempo.

Cheguei aos 30 anos, meus problemas eram outros, ainda que tão parecidos, como um amigo que muda ao longo dos anos, mas ainda reserva aquele jeito de falar que nos conecta com o amigo do passado. Pelo visto, eu estava boicotando minha vida e minha saúde, palavras de quem me rodeava. Denise concordava com eles a ponto de ter me dado um ultimato: descanso voluntário ou apelar para a minha família, que ela conhecia muito bem. Estava disposta a quebrar barreiras da sua profissão para não me ver adoecer ainda mais. Não sei se ela estava blefando, mas passou a soar mais ameaçadora e resolvi levar a sério. Para não ver a minha família envolvida nisso, para mantê-los todos no lugar que lhes cabia, longe, optei pelo descanso voluntário, depois de negociar quase oito semanas de férias com o dono da agência, que foi surpreendentemente compreensivo.

Combinamos que eu teria as oito semanas de folga, quatro delas remuneradas, porque eu tinha direito. Outras quatro não remuneradas, porque não estava na cartilha do direito trabalhista. Eu ri. Naquele momento, enquanto ele falava de leis, eu lembrava que parte das campanhas que garantiram um gigantesco faturamento anual à agência tinha saído da minha cabeça doente, que virou noites, feriados e fins de semana trabalhando. Uma cabeça que não merecia descanso remunerado. Acatei a lei.

O dono da agência não era um homem ruim, para ser honesta. Era gentil, inteligente, gostava de conversar e de ouvir, o que é raro. Mas, como dono e rico, nos via poucas vezes, fazia vista grossa para os problemas e era amigo de longa data do diretor de criação, o que dificultava as coisas. No cenário que descrevi durante a reunião, sem entrar em detalhes, ele não se opôs ao meu descanso, desde que eu voltasse no prazo combinado. Com mais ideias, fresca, potente como um foguete, voando para além do céu.

Seria a primeira vez, desde que tinha entrado no mercado, contando períodos de estágios, que eu passaria dois meses sem trabalhar. Minhas férias se limitavam a três semanas e, de vez em quando, eu recebia trabalho no meio daquele período. Só uma revisão, uma olhadinha. Uma olhadinha rápida. Vai ser rapidinho. A frequência irritante dos diminutivos que mentem, mentem, mentem.

Aos 30 anos, eu teria outra estreia importante: ficaria sem fazer nada porque meu corpo não suportava. Três décadas de vida e eu já tinha me maltratado o bastante para ter que parar. Ou morrer. Eu não sabia nada sobre descanso. Aqueles sessenta dias à minha frente eram o desconhecido.

2.

ENTREI EM CONTATO COM DUAS AMIGAS ARGENTINAS, SABRINA e Ana, que gerenciam uma pousada em Jeri, onde eu já tinha me hospedado diversas vezes. Mandei e-mail contando as novidades, meus planos de ficar aquele período na vila porque tinha que fugir.

Elas logo responderam que eu poderia ficar em um dos quartos da casa, dentro da pousada. E que ajudaria se eu pudesse tomar conta da recepção das 18h às 22h durante a semana ou quando elas precisassem ir a Fortaleza resolver burocracias. Justo. Comecei a planejar a viagem sem grande excitação, porque ainda tinha quase sete semanas pela frente, e porque meu cérebro havia desaprendido os comandos necessários para esboçar uma animação, a não ser que fosse uma bem falsa.

Sabrina e Ana eram aquelas pessoas com quem você gosta de passar o tempo, de sentar e beber garrafas de vinho seguidas, pelo simples prazer de emendar um assunto no outro. Eu adorava as duas, embora fosse muito mais próxima da Sabrina do que da Ana.

Sabrina era expansiva, animada, festeira, enquanto Ana era a mais quieta, mas sempre gentil e solícita. Ambas acolhedoras. Formavam aquele casal que enche os demais de inveja. Tinham sintonia, leveza, respeito, se olhavam como quem sonha e eram carinhosas uma com a outra, assim, no meio da tarde, sem precisar de meia-luz. Estar perto delas me faria bem mesmo. Eu tinha, finalmente, um plano.

Só me resta encarar mais uns dias de morte e pronto, disse a mim mesma.

Tem um momento em que você passa a não questionar mais a dor, porque a dor é tudo que você conhece. Já se familiarizou, conhece os trejeitos e, embora desconheça os limites, a dor já não assusta tanto assim. Ter ouvido tantas vezes que eu era boa e competente fazendo propaganda me convenceu de que aquilo era o que eu deveria fazer para o resto da vida. Infeliz e persistentemente, até o dia de parar, já mais velha, com uma casa própria quitada, carro bom e uma viagem internacional por ano.

Ser boa numa coisa e passar a ganhar um salário considerado justo por isso roubou a minha noção de felicidade. Passei a me acomodar com aquilo porque era o que eu sabia fazer e recomeçar significava o tédio de ter que aprender coisas novas, a chateação de ganhar salários menores, a agonia de me submeter a humilhações diferentes. Todas essas questões atingiam a minha cabeça como uma sequência de pedras jogadas contra mim.

O ponteiro do relógio, de novo.

Foi numa quarta-feira, enquanto eu desligava meu computador, às 18h em ponto, o que era raro, que recebi uma notificação de e-mail no meu telefone. Olhei rapidamente e vi que a notificação era da minha caixa de e-mail pessoal, o que aliviou meu frio na espinha. Não era nada incomum receber e-mail de trabalho perto das 18h. Geralmente uma alteração que me levaria a ficar horas na agência, muitas vezes fechar as portas sozinha e dirigir de madrugada para casa. A ideia de repetir esse itinerário me doía o corpo. Mas não era do trabalho, então, li o remetente: *gloriasuarez_@*. Não é possível isso, pensei na hora. Abri o e-mail e o sorriso.

Minha brasileirita,
Há quanto tempo não nos falamos? Como estás?
Conta-me tudo. Estás no Brasil? Em Fortaleza?
Minha vida enlouqueceu nos últimos meses, organizei uma mudança de país, perdi muitos contatos telefônicos numa atualização estúpida, incluindo o teu.
Escrevo-te para contar que cheguei ao Chile há duas semanas, onde fico pelo próximo ano, pelo menos.

Estou planejando uma viagem para Buenos Aires e, depois, alguns dias no Rio de Janeiro. Se estiveres em Fortaleza, posso passar uns dias contigo? Pesquisei um pouco sobre a tua cidade e me parece o lugar certo para estar por mais tempo, indo à praia todos os dias, a festas, aproveitando esse período sabático que me dei, antes de começar um novo trabalho aqui em Santiago – conto-te tudo do trabalho depois, prometo.

O que achas?

Sinto saudades tuas e não tem alegria maior do que pensar que vou te ver.

Um beijo, com cariño,

Tu Gloria.

Receber um e-mail inesperado da Gloria foi como domingo de Carnaval, de Natal, qualquer dia santo ou pagão. Mesmo tendo ficado feliz como quando se desce as ladeiras de Olinda junto com a multidão, não respondi na hora. Aproveitei que eu e meus colegas estávamos milagrosamente livres mais cedo e fui com eles para um bar, a poucas quadras do trabalho, com cerveja barata às quartas-feiras. Fortaleza tem isso. Há sempre algum bar, em algum dia da semana, em que se bebe pela metade do preço e se come alguma coisa decente, ainda que requentada.

Éramos eu e mais cinco pessoas da equipe de criação. Três homens e três mulheres, contando comigo. O problema da cerveja barata é que é barata. E o preço baixo convida a beber outra e mais outra e, quando você menos percebe, está numa mesa de bar, quase bêbada, brincando de Eu Nunca com os colegas de trabalho.

"Eu nunca transei em público", "Eu nunca fiz sexo com alguém assistindo", "Eu nunca fiz sexo com alguém do trabalho", e por aí vai. Curioso que esses jogos são quase sempre sobre sexo. Não entendo qual o imenso interesse que temos sobre a intimidade dos outros, embora aqui eu esteja fazendo um julgamento culpado por ter muita curiosidade também. A cada vez que alguém assume que fez uma das coisas do jogo, a concepção sobre aquela pessoa muda um pouco, brota uma interessância, essa pessoa, antes bege, adquire uma corzinha, um frescor. É estimulante imaginar que aquele alguém ali, com quem você discute design de campanha, estratégias e roteiros, já transou com alguém assistindo, por exemplo. Sendo que você nunca sequer imaginou aquela cena. Quer dizer, algumas eu já tinha imaginado, sim.

"Eu nunca transei com alguém do mesmo sexo." Era essa a pergunta. Lembrei da Gloria e do e-mail. Nunca chegamos às vias de fato, é verdade, mas ela é alguém com quem eu cogitei ir adiante. Fiquei pensando se a Gloria tinha enviado aquele e-mail com essa ideia na cabeça. Se ela ainda me queria depois daquele réveillon em Lisboa, quando nos beijamos e dormimos juntas, literalmente, dormimos apenas.

Fiquei pensando se ela estava solteira. No e-mail, ela não havia mencionado nada sobre o assunto, nem deu pista se viria acompanhada. Não, acho que não viria acompanhada.

Do contrário, teria dito. Pensei tudo isso no intervalo de tempo em que meus três colegas homens não bebiam o gole e minhas duas colegas mulheres bebiam. Fui honesta e não bebi, mas quase entrei na onda de mentir porque já cheguei tão perto que quase valia como um sim.

3.

EM CASA, TOMEI BANHO, VESTI CAMISETA E CALCINHA E, AINDA meio bêbada dos barris de cerveja, comendo um yakissoba velho com gosto de geladeira, respondi ao e-mail da Gloria. Com fogos de artifício pipocando ao meu redor, que não estavam ali por causa do álcool, devo dizer.

> Hola, minha espanhola preferida,
>
> Que alegria receber teu e-mail e ter notícias tuas de tão "perto"! Não acredito que tu estás no Chile!
>
> Eu estou bem, sim, trabalhando muito, cansada, mas planejando tirar algumas semanas de férias em setembro, ou seja, daqui a dois meses. Seria ótimo te ver. Vem, sim.

Olha, na verdade, se estás mesmo na tua fase aventureira... O lugar onde vou passar as férias é este aqui, joga no Google: Jericoacoara. É um paraíso a algumas horas da minha cidade, vais adorar. Vou passar algumas semanas lá, mas tu podes ir e me encontrar para ficar quantos dias quiser. Terei um quarto numa pousada de um casal de amigas argentinas (com quem tu podes falar espanhol!) e tenho certeza que elas não vão se incomodar que tu fiques comigo. Prometi ajudá-las com algumas tarefas no período em que estarei lá e, então, tu também podes me ajudar.

O convite está feito, pensa nisso. Meu telefone está logo abaixo. Falamos pelo WhatsApp, então?

Um beijinho carinhoso,

Tu brasileirita

Enviei o e-mail pensando na loucura e na alegria que seria se Gloria topasse o convite. Fui dormir rindo, sabia que o álcool tinha ajudado na ousadia, mas me senti espirituosa, valente. Demandava certa presença de espírito, acho eu, convidar a Gloria para passar dias comigo na praia. Assim, como se ela fosse minha vizinha e não estivesse em um dos únicos países da América do Sul com o qual o Brasil nem sequer faz fronteira.

No dia seguinte, no meio da apresentação de uma campanha, recebi a resposta da Gloria no WhatsApp (que eu passei a checar com uma frequência até então nova).

Uau! Este lugar parece de mentira! E há cavalos!!

Mas estou indo por ti, ao teu encontro, e o destino, na verdade, importa pouco. Convite aceito, não vejo a hora. Manda-me as datas que reservo os voos. Este é meu número, deixa salvo aí.

E assim, como se a vida não tivesse sido quase sempre imprestável nos últimos anos, eu tinha planejado férias para dali a poucas semanas em Jericoacoara, com a Gloria. Com a Gloria. Não havia indicação de que alguma coisa aconteceria entre nós. E qualquer pessoa que tenha se relacionado, ou mesmo paquerado, com essa turma ali dos lados da Europa sabe como é difícil desvendar sinais. Estão sendo educados ou estão a fim? Legais ou dando mole? Era uma pergunta constante, uma incógnita, um mistério.

Brasileiros são mais transparentes neste sentido. Mas também me perguntei: eu estou paquerando a Gloria? Não sabia dizer. Só havia aquele sentimento sem nome que paira sobre duas pessoas que já se beijaram e não foram além disso, mas sentem que há espaço para mais. A dúvida se, eventualmente, vão se beijar de novo e se algo vai nascer dali. Além disso, eu estava solteira desde o fim do meu último relacionamento ruim, de uma sequência de relacionamentos ruins.

Se rolasse com a Gloria, não seria meu primeiro romance em Jeri, para ser bem honesta. Já fui àquela vila tantas vezes, em fases tão diferentes, que teria pelo menos meia dúzia de casos para contar, apenas um ou dois que mereceriam o registro. Mas eu estava especialmente animada para estar lá com ela. A começar porque seria a primeira vez da Gloria lá e é gostoso mostrar a vila para alguém pela primeira vez, mesmo que o tour se resuma a quatro ruas principais e outro punhado de ruelas paralelas, com pouca eletricidade. Também porque a Gloria é essa presença forte e excitante, que tornava tudo buliçoso. Ela é nutricionista, inteligente, divertida, criativa na cozinha e: lindíssima.

Eu costumava me demorar observando o efeito que a Gloria provoca nas pessoas. Parte pela beleza, parte pela simpatia e parte pelo sotaque. Ela fala português bonito, com elegância. Nasceu e cresceu na Espanha, tendo vivido alguns anos em Portugal e no Brasil. É filha de mãe portuguesa (de origem moçambicana) e pai espanhol (de origem espanhola). Tinha um rosto hipnótico e uma luz grande e inquestionável como o Sol ao meio-dia. Ela dizia sobre mim coisas parecidas com as que eu dizia sobre ela, quando nos conhecemos em Lisboa. Dizia que eu era alguém que atraía a atenção facilmente. Mas eu acho que ela só pensava isso porque eu sou brasileira e esse detalhe da minha biografia costumava alegrar algumas pessoas ao redor, instantaneamente.

A ideia de estar com a Gloria também me livrava momentaneamente do desgosto de estar exausta e de ter passado os últimos anos internada no trabalho. Lembrar disso me fez querer ver a minha própria imagem no espelho, conferir o estrago, validar o esfacelamento. Vi meu rosto pálido, os lábios sem cor e as olheiras cinza. O cabelo, de que eu geralmente gostava, estava opaco como o céu de inverno. O corpo muito mais magro do que quando nos conhecemos em Lisboa. Como nutricionista, ela certamente atentaria para este detalhe. Meu medo era que ela percebesse que eu estava magra por estar doente. Como poderia disfarçar os ossos da minha costela aparecendo quando terei que usar biquíni? Como posso burlar tudo que meu corpo não mostra, mas acontece aqui dentro da minha cabeça?

Em casa, resolvi tirar uma foto minha de corpo todo porque dizem que espelhos mentem demais. Apoiei o telefone em cima da cômoda, programei o *timer*, me afastei poucos metros e me posicionei, sem fazer qualquer pose ou truque. A foto foi fiel ao que vi no espelho, para a minha tristeza. Ali estava eu, de calcinha e sutiã, com a carcaça que era resultado da doença que eu insistia em negar. E porque eu não sabia lidar com o medo do possível julgamento da Gloria, nem do meu próprio, deletei a foto e virei o espelho para o lado da parede.

4.

NAS SEMANAS QUE SE SEGUIRAM AO SIM DA GLORIA, QUASE não tive tempo de lembrar dela, nem das férias, nem de Jeri. Minha cabeça se ocupava por inteiro da avalanche de trabalho que chegava à minha mesa e na minha obrigação de fazer tudo, de trabalhar dobrado, de ultrapassar meu limite porque, enfim, meu chefe tinha sido generoso o suficiente para me dar longos dias de, digamos, recesso. E os olhares dos meus colegas, que sabiam da pausa, me deixavam culpada. Assim, eu comia menos, bebia mais café e fazia sozinha o trabalho de, pelo menos, três pessoas diferentes.

De madrugada era ainda pior. A sala tinha uma luz que lembrava a de aeroporto e eu odeio luz de aeroporto. O ar-condicionado também parecia com aqueles de sala de embarque, aquele frio absolutamente contrastante com a temperatura exterior e que torna o ambiente falso, pesado, irrespirável. As telas de Mac grandes demais, iluminadas demais.

Havia uma janela de vidro na sala, de uma parede a outra, com uma vista bonita para a rua, mas eu preferia que não houvesse vista alguma, tanto fazia se a sala fosse um calabouço. A avenida movimentada me enchia a garganta de nós. A vida do lado de fora parecia diferente, tinha sempre alguém rindo ao atravessar a rua ou falando ao telefone. A concentração do arte-finalista que, também exausto, se enclausurava nos fones de ouvido, me angustiava. E o silêncio que só era quebrado quando o entregador de pizza chegava.

A pizza era a parte mais triste porque rendia piadas nas rodinhas de publicitários. As tiradas, sempre elas, me faziam pensar em como as mesmas pessoas que criam propagandas premiadas se acham hilárias rindo de alguém – no caso elas mesmas – virando a noite, dormindo em colchonete, para finalizar campanha à base de pizza barata e café.

Sete longas semanas no looping do horror. Menos três quilos no meu corpo já magro. Olheiras mais fundas, noites sem dormir e nem os remédios ajudavam. Nenhuma ida à terapia. Ligações de pai e mãe devidamente ignoradas. Duas ou três idas a bares com uma amiga, cuja conversa eu não ouvia.

Uma solidão profunda. Um mundo pavorosamente escuro. Uma vontade tão grande e tão materializada de nunca mais levantar da cama. De não comer, de não beber, de não respirar. De nunca mais abrir os olhos.

Até que chegou o dia.

5.

O MOTORISTA DA 4×4 ME DEIXOU NA ENTRADA DA POUSADA DAS minhas amigas. Inácio era o nome dele. Inácio me disse que no dia que eu precisasse de alguma coisa bastava ligar para saber se ele estava na vila. Tinha um rosto de amigo, a pele queimada de Sol, usava boné, camisa de algodão de mangas longas. Aparentava ter uns quarenta anos, mas eu imagino que tivesse menos de trinta porque o Sol castiga a pele sem piedade. Ele também tinha heterocromia, aquela condição rara de olhos de cores diferentes por mutação genética, lesões ou doença. Um dos olhos do Inácio era castanho e o outro era quase totalmente verde. Quando me dei conta, ri. Inácio, bem ali na minha frente, tinha essa dádiva de ser incomum, ainda que aparentasse não dar a mínima para isso.

Enquanto tirávamos minha mochila e uma mala pequena do carro, engatei uma conversa:

— Você tem olhos de cores diferentes, Inácio. É um fenômeno especial, muito bonito.

— Pois é, eu nasci assim, minha mãe me disse, com esse defeito. Quando eu era mais novo, achava que tinha sido culpa do Sol. Eu tinha mania de ficar olhando para o Sol com um olho aberto, enquanto tapava o outro com a mão, assim — ele me mostrou, intercalando as mãos nos olhos, tapando um, depois o outro. — Pensei que um dia tinha passado tempo demais com um olho coberto e outro descoberto, daí tinha ficado desse jeito.

Ele riu, eu ri junto.

— O nome é heterocromia. Alguns famosos têm os olhos assim também, como os seus. Conhece o David Bowie?

— Nunca ouvi nem falar.

— Ele tem um olho diferente do outro também. Mas, olha, não é defeito, Inácio. É especial. No seu caso, pode ter sido uma alteração no seu gene. É raro isso.

— Pois eu gosto mais da história do Sol, de contar que eu ficava com um olho aberto mais tempo, olhando pro Sol, e por conta disso esse olho aqui foi ficando mais claro.

— Também gosto mais da sua história, embora seja improvável — ri de novo.

— Não sei, não, viu, dona... Esses aí, os cientistas, querem saber de muita coisa. Mas a natureza sabe mais. E se tem uma coisa que as pessoas que estudam não sabem é que elas não sabem de tudo. Tem tanta coisa que ninguém imagina. E que, quando passa a saber, nem consegue explicar. Igual eu falei com a senhora, do carro ter atolado ali, eu não sei explicar.

Encarei Inácio e aqueles olhos de cores diferentes. Como se na alteração das cores eu fosse encontrar uma resposta. Só parei de olhar quando fui cortada pela voz da Sabrina, chamando meu nome enquanto vinha ao meu encontro.

— Você vai me dizer por que foi estranho o carro ter parado ali? — perguntei, antes da Sabrina chegar.

— Não, porque a senhora não tá com cabeça pra entender. Até logo, dona, qualquer coisa estamos às ordens.

Dei um meio-sorriso para o Inácio e logo me virei para abraçar a Sabrina, torcendo para que o abraço dela me fizesse esquecer o que ninguém explicaria. Que saudade eu sentia dela!

Sabrina me recebeu com o peito feito varanda e a mesa posta para o almoço: baião de dois, peixe assado, salada, batata frita, água de coco e cocada de sobremesa. Tudo o que eu mais gostava. Falava alto e sem parar, me abraçava vezes seguidas, me beijava o rosto, bem barulhenta. Perguntei pela Ana, sua esposa, e ela disse que Ana havia ido a Jijoca resolver coisas no banco. Em Jeri não há banco e eu reclamei disso durante muito tempo, até perceber que fazia todo o sentido. Colocamos a conversa em dia, contei dos trabalhos, dos dias de descanso que diziam que eu precisava e da alegria em rever a Gloria, dali a alguns dias. Ela chegaria na próxima semana, me apressei em mencionar isso para a Sabrina porque quando estamos esperando algo acontecer, a simples menção antecipa o fato e o falar em voz alta é parte da alegria do acontecimento em si.

Também contei para Sabrina, pescando uma resposta, do banho de lagoa no caminho. Não era nenhum detalhe que eu contaria normalmente, muita gente faz uma parada em Jijoca, ou nas dunas, para mergulhar nas lagoas. Mas me senti compelida a contar. Acrescentei que o Inácio disse, brincando, que a lagoa era encantada. Olhei para a Sabrina, enquanto falava isso, com os olhos curiosos, tentando captar sua reação. Ela riu da minha cara de inocência, falando um portunhol muito divertido:

— Os nativos e os pescadores adoram contar histórias.

— É verdade, têm muita imaginação. — Eu também ri, me achando falsa por estar rindo porque a esta altura eu já acreditava mais no Inácio do que em mim.

Depois do almoço, da cocada e da caipirinha, eu estava cansada como os burros de carga de Jeri. Exausta da viagem, do calor, da comida, decidi ir para o meu quarto. Liguei o ar-condicionado e dormi até quase a hora do pôr do sol, um evento imperdível na praia. Um espetáculo que eu veria sozinha pela primeira vez na vida. Às 16h, enquanto estava a caminho do pôr do sol, decidi que não subiria a Duna, o famoso *point* onde dezenas se aninham para ver o show acontecer. Em vez disso, iria para o Clube dos Ventos, um bar-hotel-restaurante onde, geralmente, gringos e turistas do Sul e Sudeste se hospedam para praticar *windsurf* ou *kitesurf*.

Deitei em uma das espreguiçadeiras na parte alta do bar, perto do gramado superior, de frente para a faixa de areia. A vista dali de cima era ampla como uma fila de braços abertos. Vi a Duna do meu lado esquerdo, na esquina da praia. Digo na esquina porque depois da Duna não se vê mais nada. Do meu lado direito, mais uma imensa faixa de areia, com algumas pedras, por isso, a parte mais vazia da praia.

Bebi uma *frozen* caipirinha e o garçom, Antônio, me disse que naquele horário a bebida era dobrada, ele me traria duas pelo preço de uma. Aceitei de bom grado, ora essa. Não é em todo bar em Jeri que se bebe pela metade do preço em horário de pico. Eram 16h30, o que me dava uma boa hora de contemplação até o pôr do sol propriamente dito. Bebi a primeira *frozen* enquanto via as pessoas passando a caminho da Duna. Todos os corpos, dos mais diversos, usando biquínis, maiôs, sungas, calções. Jeri é a imagem cristalina do verão, é a suma dos motivos pelos quais esta é a estação preferida do ano de tanta gente, e todo o rosto que se olha parece estar feliz, grato de estar ali. Até os rostos cansados, como o meu. Fora isso, Jeri tem um elemento que não se vê e está por toda parte. Uma energia que é a presença mais clara, mas a mais difícil de ilustrar.

De longe, eu ouvia a música tocar no Bar do Alexandre, a voz do Caetano Veloso repetindo *"Deixa eu cantar / que é pro mundo ficar Odara / pra ficar tudo joia rara / qualquer coisa que se sonhara"*. Pedi a segunda caipirinha e o Antônio me servia com um sorriso cheio de dentes, perguntando tudo sobre mim, inclusive, por que eu estava ali sozinha.

— Estou esperando uma amiga chegar na semana que vem — justifiquei, com vergonha de estar ali só, como se este detalhe deixasse claro o meu fracasso, a minha miséria. Mas eu adorava ficar sozinha. Não sei por que deixava a imagem de estar desacompanhada me tornar menor, se aquilo era exatamente o que eu queria.

— E a senhora vai ficar quantos dias aqui?

— Umas semanas. Vou ficar um tempo ajudando minhas amigas na pousada.

De novo, justifiquei o desnecessário. Eu poderia dizer que estava ali por estar cansada, porque eu estava à beira de um colapso físico e mental, porque eu tinha perdido pelo menos 15 quilos no último ano e meus amigos e uma médica estavam preocupados comigo. Mas não trabalhar me fazia indigna de desfrutar daquele lugar, pensei. Me fazia uma pessoa à toa, e senti que precisava me justificar por cuidar de mim mesma, que precisava explicar por que eu tinha resolvido me tratar com algum respeito. Como se o descanso fosse um luxo muito fora do meu alcance, estava na cara.

— Ah, legal, qual pousada?

— Jeri Bangalôs, a que tem uns bangalôs, como o nome diz, perto da Rua da Igreja.

— Sei qual é, conheço as meninas de lá... A pousada é bem linda.

— É sim, parece uma minifloresta, né? Bem no meio desse paraíso.

— Verdade... — ele ia emendar algo, mas parou. — Opa! Vou ali atender umas mesas.

Antônio se afastou para atender um grupo de gringos que sentou dentro do bar e fiquei mal por conta do alívio que senti quando ele foi embora. Quem não quer a companhia de alguém tão gentil? Eu gostava de olhar as pessoas, de ver seus rostos sorrindo, das meninas tirando selfies, dos grupos se aninhando para fotos juntos. Dos surfistas entrando no mar colorido. Dos corpos esticados na areia. Do Caetano cantando *"que é pro mundo ficar Odara"*. Li, certa vez, que Odara é uma palavra de origem Hindu, que significa paz e tranquilidade. Na Umbanda, dizem que é um exu que guia as pessoas em seus caminhos, num trânsito pacífico. Na voz do Caetano, para mim, é um sentimento próprio, bom e pleno, em sua totalidade.

O Sol começava a baixar. Pintava o céu de vermelho e o mar variava em tons de azul-escuro, roxos, espelhados. O pôr do sol em Jeri é a joia rara da música do Caetano e eu senti falta de dividir aquela beleza com alguém que não fosse o Antônio. Tirei uma foto no meu celular, mas não postei. Se a ideia era sumir, tinha que incluir as redes sociais no sumiço. Era hora de me libertar também da obrigação de ser feliz no Instagram.

Pedi mais duas caipirinhas e, enquanto não chegavam, aproveitei para dar um mergulho no mar quente e calmo, um mar liso e quase sem ondas. Entrar e sair daquela água salgada era como um batismo físico e de alma que se repetia. Um fôlego diferente, como receber células novas num corpo doente que gritava por elas, um sentimento de renovação e reparo.

Voltei para a espreguiçadeira, bebi minhas caipirinhas e cobri o corpo com a canga quando começou a bater um vento frio na praia. O céu já estava cor de violeta, ainda não completamente escuro, mas oscilando entre nuances cor de lavanda e um azul fechado e denso. Quando o Sol baixou por completo e o mar escureceu significava o fim da apresentação. Juntei minhas roupas e voltei para a pousada, com a toalha amarrada na cintura.

De volta à pousada, dei um beijo na Sabrina, outro na Ana, dispensei o jantar, fui para o meu quarto e dormi. Tinha me programado para ir ao forró com a Ana, mas apaguei. Era cedo ainda, nem eram 20h. Adormeci profundamente e só acordei no dia seguinte, às 8h. Em seis anos, aquilo era o mais perto que eu havia chegado da paz.

6.

A SEMANA ANTES DA CHEGADA DA GLORIA PASSOU FÁCIL, SEM grandes acontecimentos aparentes, a não ser pelas pessoas que conheci. Anos e anos indo a Jeri e nunca havia me aproximado de verdade de quem mora ali, o que foi um erro. Lá eu era sempre a turista, e turistas não costumam prestar atenção no que importa.

Naquela semana, no entanto, me dediquei a isso, pegando carona na popularidade da Sabrina, que conhecia todo mundo. Foi ela quem me apresentou o Miguel, que vende pão de queijo na praia no fim de tarde. Também conheci a Marina, uma italiana que mudou para Jeri depois de uns dias de férias – e depois de conhecer um carioca que era instrutor de *kitesurf* na escolinha da vila. Marina trabalhava com moda em Milão, tinha um emprego rico por lá, mas largou tudo para viver na vila e hoje gerenciava um resort cinco estrelas, afastado do centro e que parece um oásis. Conheci o Seu Cleiton, da padaria. E algumas pessoas que administravam as pousadas vizinhas e vinham sempre para o jantar ou para o almoço na nossa pousada. Naquela semana, passei a chamar a pousada de nossa pousada.

Conheci a Margarida, uma senhora que, assim como o Inácio, aparentava ter mais idade do que eu suspeitava que ela tivesse de verdade. Parecia ter uns 70 anos, mas talvez tivesse 60, não sei... Nunca perguntei a idade porque as coisas que as pessoas falam, e o jeito que elas falam, são mais coerentes com um relógio que marca o tempo interior do que o ano em que nasceram.

Simpatizei com ela desde o começo por ter o mesmo nome da minha avó, aquela que me contava sobre coisas encantadas. A Margarida de Jeri, ou Guida, como a chamavam, vivia da produção de temperos caseiros que vendia para os restaurantes, hotéis e pousadas da vila. Uma verdadeira alquimista dos temperos. Nada muito sofisticado, tudo feito com ingredientes facilmente encontrados na região, mas com medida e segredos próprios. Segredos construídos com a sabedoria da vida, a repetição dos dias na cozinha, a criatividade que a escassez de comida lhe cobrava ter ao preparar refeições para os quatro filhos que criara.

Os filhos da Guida hoje estão crescidos e moram um em Jijoca, dois em Fortaleza e um em Teresina. Guida mora sozinha com uma neta de 11 anos, de quem cuida desde que a mãe, filha dela, arranjou um emprego numa fábrica em Fortaleza. A filha manda dinheiro para as despesas com

Luana, a menina. E o pai de Luana sumiu, ninguém sabe dele. Nenhum telefonema, nenhuma carta. A única presença que ele deixou foi a inexistência física e afetiva.

Luana era uma dessas meninas que poderia distribuir vida a quem não tivesse. Esperta e acesa, estudava em Jijoca, ia e voltava para a vila todos os dias, e estava se preparando para morar em Acaraú, dali a alguns anos, onde havia uma escola pública melhor. Guida não pretendia se mudar para lá, sua vida era na vila. Porém, até que a neta ingressasse no Ensino Médio, dali a três ou quatro anos, a filha já teria juntado dinheiro suficiente para comprar uma casa pequena na cidade, onde planejava viver com Luana. Dar a ela a oportunidade de estudar e entrar na faculdade. Talvez até se mudar para Sobral, que era ainda maior. Ou para Fortaleza, mas tinham medo da violência na capital, e as casas lá eram mais caras.

A neta de Guida era mesmo sabida e todo mundo comentava isso. Já falava um pouco de inglês, que aprendeu com as recepcionistas das pousadas e também em vídeos do YouTube, principalmente com as músicas de Taylor Swift. Ela adorava quando me via porque falava inglês comigo, muito desinibida e orgulhosa toda vez que eu elogiava a pronúncia.

Guida também sentia orgulho de Luana, mas tentava disfarçar um pouco, talvez calejada porque a vida jamais permitiu que seus sonhos vivessem tempo suficiente para se tornarem realidade. Guida quase tinha se formado no Segundo Grau, mesmo já cuidando de dois dos quatro filhos.

Gostava de ler livros, repetidos, porque não tinha muitos. Um dia sonhou em arranjar um emprego em Fortaleza ou se formar como o primo. Mas a família do primo tinha mais dinheiro do que a família de Guida. E também ela era mulher. Teve que cuidar dos filhos, do marido e tentar sobreviver a algumas agruras do caminho. Não teve chance de ir para a faculdade.

Os sonhos, é assim que eles morrem.

Por conta dessa morte de algo tão vivo quanto os sonhos, Guida comemorava com parcimônia qualquer aceno de um futuro promissor para a neta. O maior medo de Guida era que Luana engravidasse daqui a uns anos e vivesse o resto da vida ali, com mais um filho só de mãe e de vó. Guida tinha pena desse destino porque sabia que Luana queria tantas coisas, colecionava desejos e os merecia. Luana costumava dizer que iria ter o seu próprio hotel com piscina grande ou ser ela mesma uma espécie de Selena Gomez, cantando em inglês e tudo.

Guida achava que a menina imaginava coisas demais, mas Luana seguia sonhando, cada vez mais atrevida, indiferente à avó. Desde quando Guida era jovem até a idade que Luana tem hoje, o planeta continuava do mesmo tamanho, mas o mundo de Luana já era muito maior do que o de Guida.

A avó não tinha grande resistência quanto a ensinar suas receitas à neta, na verdade. Não o fazia por puro desinteresse de Luana. Guida, no fundo, tinha pena de ter aprendido tanta coisa - de saber misturar as pimentas, com as ervas, com os pós e deixar qualquer prato simples uma verdadeira iguaria - e não ter ninguém para repassar seus ensinamentos. Ela tinha dó de saber tanto e morrer com aquilo.

— Não é como o mundo tem que ser — ela dizia. — A gente precisa repassar o que sabe. E não quero repassar para um dono de restaurante, que vai fazer ainda mais dinheiro com as minhas receitas, de repente, até colocar máquinas para fazer. Preferia ensinar à minha filha ou à minha neta, mas essa aí só quer saber de música no computador.

— A senhora tem essas receitas guardadas em algum lugar? — perguntei.

— Sim, tenho. Tá tudo aqui — Guida respondeu, batendo na cabeça com o dedo indicador.

— Eu posso te ajudar a escrever as medidas, as fórmulas e as misturas. Pelo menos não vão ficar de todo perdidas, Guida.

— Cozinha não é só receita, filha — Guida corrigiu. — Tem que aprender a sentir o cheiro, a enxergar as cores, a sentir as coisas com as mãos, a provar a pimenta aqui, o cheiro-verde.

— Posso ajudar a senhora a anotar as receitas e, embaixo, podemos descrever isso que a senhora acabou de falar: tem que sentir a textura da pimenta, não deixar ser fraca, nem forte, coisas assim.

— Tá, vamos ver... Não custa tentar, né? E também não custa acreditar que um dia alguém vai aprender essas coisas no coração, como eu aprendi.

— Por mim tá fechado, Guida. Venho sempre na hora do almoço, te ajudo com as anotações e ainda como tua comida. Vou sair ganhando nessa, eu acho.

Além dos temperos, eu soube, e foi a própria Guida que me contou, que ela fazia as vezes de parteira, quando era necessário. No passado, ajudou mães a colocarem os seus filhos no mundo, também abraçou outras que não tiveram a chance de ouvir o choro dos seus bebês. Hoje em dia, com carros melhores indo e vindo de Jijoca o tempo inteiro, Guida raramente precisava acudir alguma mãe prestes a dar à luz. Mas poderia acontecer e, caso acontecesse, todo mundo já sabia para onde correr: aquela casa azul, no fim da Rua Principal, depois do mercadinho.

Quando via uma menina grávida na vila, o que era comum acontecer, Guida ia lá falar com a moça, acolher, querer saber da vida, perguntar tudo, se colocar à disposição. Queria evitar que se repetisse o que tinha acontecido há uns dois anos, quando uma mulher teve um bebê sozinha em casa, sem ninguém saber, e o abandonou numa caixa na rua mais quieta da praia. Foi um escândalo na vila, saiu nos jornais do estado, mas no coração de Guida não era escândalo. Era outra coisa, tão forte que não tinha nome.

7.

DE TODAS AS PESSOAS QUE CONHECI NA VILA, GUIDA E LUANA eram as minhas preferidas. Guida tinha as mãos quentes, as histórias, o não dito, era afável e paciente. Carregava uma dor imensa nos olhos, que eram mesmo como água parada. E tinha um ar de quem sabia demais, mas nem por isso se achava mais sábia e era a mais sábia justamente por isso. Sua sabedoria era um serviço, fruto da humildade, e eu aprendia com ela o tempo inteiro.

Luana era uma menina e por isso, furtivamente, quase sem ninguém perceber, tinha alguma coisa de triste também. A angústia de Luana, no entanto, não tinha duração. Na maioria do tempo era apenas uma menina com os olhos cheios de futuro, a energia de quem sabe quase nada das dores do mundo, apesar de ter a inteligência aguçada que já mencionei. Eu estava ali, no meio das duas. Querendo a sabedoria de Guida, já não tão entusiasmada quanto Luana e também usando meus olhos para carregar a dor.

Guida tinha uma casa pequena, com apenas cinco compartimentos: uma varanda na entrada onde mal cabiam três cadeiras, típica de algumas casas no interior do Ceará. Sala, cozinha, um banheiro limpo e cheiroso, com cortina de plástico, e dois quartos. Um dela e um da Luana, colados um no outro. Mesmo com quartos separados, era comum que dormissem juntas, fazendo companhia uma à outra nas frequentes noites de solidão ou quando Luana via um filme de terror. Apesar da casa pequena, Guida tinha um quintal grande e diversas plantas. Algumas porque achava bonitas, serviam de enfeite. Outras porque usava nos temperos.

Quando eu chegava para ajudar nos trabalhos de documentação das receitas, Guida servia meu prato fartamente. Carne cozida com legumes, salada de macaxeira, arroz branco, feijão. Algumas vezes, ela variava o cardápio com peixe cozido ou grelhado e batatas. Outro dia cozinhou abóbora com camarão fresquinho e comer aquilo era a mesma coisa que estar no céu. Nunca fui ao céu, mas sabia. Tinha também receitas com lagosta, manga e coco. Ela também nunca me contou como fazia esses pratos. Guida queria documentar alguns segredos, mas queria guardar muitos outros, logo percebi.

Depois do almoço, eu deitava para um cochilo na rede armada no quintal, debaixo de uma árvore. Um cochilo curto, não mais do que 30 minutos, e acordava como nova.

Assim que levantava, Guida me servia um café forte, coado no pano, e começávamos as anotações.

De vez em quando, ela ia a uma parte isolada no fundo do quintal, um retângulo transparente parecido com uma pequena estufa, e voltava com alguma coisa nas mãos. Não era bem uma estufa, era mais um quartinho, mas não dava para ver direito, embora fosse iluminado e aberto. Uma vez, no meio de uma anotação, uma receita que levava pimenta--de-cheiro e pimenta-rosa, Guida levantou para ir lá e eu levantei para ir junto, mas fui impedida.

— Fique aí. Espere eu voltar. Aquele lugar é meu, não gosto que entrem sem a minha permissão. Quando eu quiser que você vá comigo, eu mesma convido.

Pela primeira vez havia dureza na voz de Guida, um tom de advertência. Eu atendi prontamente, paralisando, e não dando mais um passo em direção ao quintal. Fiz isso mais pela surpresa de vê-la falando assim do que por medo.

Fora esse episódio, ela era amável e me tratava bem. Ficava feliz ao me ver, me contava histórias e era específica nas receitas dos temperos, tendo paciência quando eu demorava em alguma anotação. Os ingredientes das receitas não eram assim tão variados, mas a quantidade, sim, dependendo do sabor pretendido com o prato. Algumas misturas ela fez na minha frente e era como ver um cientista trabalhando, mas com equipamentos simples. Umas bacias em que mal cabiam duas mãos juntas, um moedor de madeira, alguns copos, facas e colheres de diferentes tamanhos, mas sem qualquer sofisticação. Garrafas e recipientes de vidro reutilizados para guardar os temperos, alguns sólidos, outros líquidos, outros em pó.

Com frequência a casa se enchia de um cheiro maravilhoso de ervas e eu voltava a sentir fome rapidamente. Lembrei que era provável que eu engordasse pelo menos um quilo antes da Gloria chegar e fiquei feliz com a ideia.

Minha rotina ganhou forma com facilidade na minha primeira semana em Jeri e passei a dividir os meus dias assim: de manhã, depois de ajudar a fazer os ovos e os sucos na pousada, eu tomava café junto com os hóspedes. Lia um pouco na rede da varanda e depois ia à praia dar um mergulho. A Sabrina e a Ana faziam yoga e meditação na área verde entre os bangalôs, e eu tentei me juntar a elas uma ou duas vezes, mas meu corpo era travado demais.

Além disso, o mar era mais relaxante. Quando eu voltava da praia, passava no mercadinho da Rua Principal e comprava qualquer coisa que, eventualmente, Sabrina e Ana poderiam precisar, como detergente ou queijo, às vezes, cerveja. Depois eu ajudava Sabrina com as respostas de e-mail, site e redes sociais. E organizava os livros que os hóspedes deixavam espalhados pela área comum.

Sabrina e Ana tinham uma pequena biblioteca na varanda, pouco mais de quatro estantes cheias. Juntavam livros que os hóspedes deixavam nos quartos ou doavam, outros que compravam de segunda mão em Fortaleza e o plano era ter uma biblioteca de verdade no futuro. Já tinham o começo, entretanto, e tanto hóspedes quanto funcionários das pousadas vizinhas costumavam passar lá à tarde, quando o Sol estava tão quente que não dava para ficar na praia. Chegavam, se acomodavam nas poltronas para ler e passar um tempo. Era quando elas ganhavam um dinheirinho extra com a venda de café, sucos e bolos, com quem aproveitava a hora da leitura para um lanchinho.

Na hora do almoço, eu ia para a casa da Guida e também fazia questão de levar algo todos os dias. Comprava sorvete napolitano, que a Luana amava, ou levava frutas recém-chegadas no mercadinho. Um dia levei uma peça grande de queijo coalho e Guida sorriu com a boca toda. Disse que quase nunca conseguia comprar uma peça grande assim. No dia seguinte ela cozinhou feijão-verde com queijo coalho e eu não lembro de ter comido nenhum outro tão bom quanto aquele. Guida era mágica, eu não tinha dúvidas. Alguma coisa na forma que ela cozinhava tinha um sabor que nenhuma outra comida tinha. E o efeito que os pratos dela me causavam era inédito também.

Depois das tardes na casa de Guida, eu via o pôr do sol, mergulhava no mar, tomava uma caipirinha de cajá nas barraquinhas e voltava para a pousada para atender os hóspedes, enquanto Sabrina e Ana descansavam. Antes de resolver passar essa temporada na vila, elas descansavam em horários separados. Agora podiam fazer programas juntas, como sair para jantar ou ir à praia, porque eu tomava conta da pousada por algumas horas. Quando elas voltavam, geralmente, abríamos uma garrafa de vinho – argentino – e ficávamos conversando até mais tarde.

Ana acordava mais cedo do que nós, então, dormia mais cedo também. Algumas noites, ficávamos eu e Sabrina até 2h da madrugada, sentadas nas poltronas, conversando e vendo os hóspedes saindo e chegando da rotina pela noite de Jeri.

8.

GLORIA CHEGARIA NO DIA SEGUINTE. HAVÍAMOS NOS FALADO poucas vezes na última semana porque ela estava no Rio visitando os amigos. Me mandou mensagem naquela noite, avisando que já estava em Fortaleza, num hotel na Praia de Iracema, e que pegaria o transfer para Jeri na manhã seguinte.

Eu me sentia relaxada o suficiente com a chegada da Gloria. Às vezes, o cansaço ainda aparecia, assim, escondido, enraizado como se fosse ele que tivesse formado os meus ossos desde o nascimento ou como se eu tivesse acumulado dentro de mim algo que era impossível de se dissipar. Mas na última semana vivi dias totalmente diferentes dos de sempre. Há anos não dormia bem sem a ajuda de remédios e não gastava meu tempo ajudando uma velha senhora a escrever receitas de temperos, por exemplo.

Há tempos eu não tinha 1) mergulhar no mar e 2) tirar um cochilo na minha lista de obrigações diárias. A vida poderia ser diferente, estava começando a parecer.

Naquela noite eu tinha uma consulta on-line com a Denise, mas desmarquei. Mandei um e-mail dizendo que me sentia bem, descrevi o mar e acho que fui bastante convincente. Em vez da consulta, tomei vinho com a Sabrina, a Ana e mais dois hóspedes, na varanda, e falamos de futebol. Vê se pode meter futebol num grupo misto de brasileiros e argentinas?

Deitei cedo e adormeci contente, com o prenúncio do tempo bom, com o vento rico que era a chegada da minha amiga. Antes de deitar, me olhei no espelho e, embora não amasse de todo o que via, tampouco odiei. Gostava do meu cabelo, mais cheio, natural, com volume. Me dava um aspecto praiano e, combinado com o meu bronze, me deixava sexy, de algum jeito. Quem visse de fora poderia jurar que eu esbanjava saúde. Antes de dormir, pensei na Glória e sorri com o fato de que, na próxima noite, seria ela a minha companhia naquela cama feita de vácuo.

9.

PERTO DA HORA DO ALMOÇO, A GLORIA CHEGOU COM O INÁCIO. Eu passei o contato e ela fez questão de pegar o carro dele em Jijoca. Já chegou rindo e deixando o céu mais bonito, pelo que avistei de longe, abraçando o Inácio, chamando-o para tomar um vinho, queria ouvir as histórias que ele tinha para contar. Eu observei a Gloria, olhava para o seu rosto tentando memorizar a cena, aproveitando aquela imagem, antes de me juntar a ela.

Gloria estava com o cabelo supercurto – diferente do cabelão quase na cintura que tinha em Lisboa. A franja um pouco mais comprida, caindo pelos olhos. Já estava bronzeada – efeito do Sol da América do Sul – e tinha o corpo mais definido do que da última vez, pelo que eu me lembro. Os braços estavam mais rijos e as pernas torneadas, exibidas num calção branco curtíssimo. As tatuagens da costela também ficavam à mostra com a camiseta cavada, num corte que mostrava ainda o biquíni pequeno que usava. A luz que irradiava era a mesma, viva, aberta, uma clareira.

Depois de se despedir do Inácio e se certificar de que a pousada era mesmo aquela, ela olhou para dentro, como se buscasse algo, e me viu, saindo da varanda e indo na sua direção.

— *Oh my God!* Este lugar é incrível! Há casas à venda? — perguntou, mesclando línguas e sotaques, num misto de encantamento pelo que via ao redor pela primeira vez misturado à animação de ver o meu rosto, já conhecido.

— Ai, Gloria, que alegria te ver aqui. É surreal, sabia? Parece o cruzamento de dois mundos — eu disse.

— Sim, parece que estou em outro planeta e, por acaso, encontrei-te aqui, vagando.

— Vem cá! — Abracei-a de novo, o mais forte que pude e ajudei-a com a mochila. — Não vejo a hora de te mostrar a vila, de te apresentar a todo mundo que conheci nos últimos dias, de irmos juntas para o forró. Você tem que conhecer a Guida e a Luana! Ai, meu Deus, tem que tomar açaí. Vamos tomar açaí hoje?

Gloria também foi recepcionada calorosamente pela Sabrina e pela Ana, que começaram a falar juntas um espanhol rápido que eu quase não entendia mais. Se a Sabrina já era barulhenta, quando se juntou à Gloria, virou uma escola de samba.

Antes do almoço, guardamos as coisas dela no meu quarto, que dividiríamos a partir de então, e ela deitou um pouco na rede da varanda para descansar da viagem longa. Eu fiquei observando-a, sentada no sofá. Naquele momento, eu senti uma atração imensa pela Gloria, mas não era sexual. Pelo contrário, eu queria sentir aquele ser tão vivo perto de mim, nos meus braços e apenas agradecer por ela estar ali, por ter me trazido a alegria que eu sentia. A presença dela era a coroação de um momento em que a felicidade se tornou algo possível, ao contrário daquela sensação insistente de viver como quem nada, nada, nada sem ver margem ou praia.

É claro que, quando eu olhava para ela, via uma mulher belíssima, e a Gloria era mesmo como uma pintura. Embora fosse pequena, parecia enorme por conta da simpatia, da segurança que passava, do seu jeito de fazer todo mundo especial, de olhar nos olhos das pessoas e ouvi-las. Ouvir as pessoas com interesse, sem fingir educação, mas com atenção genuína. Esse era um dos trunfos daquela mulher, era como se a alma não coubesse naquele corpo pequeno e expandisse.

Com o almoço quase posto à mesa, tive que sair para meu encontro diário com a Guida. A Gloria já dormia pesado na rede, então deixei a comida dela no balcão da cozinha, pronta para esquentar, com um bilhete avisando que eu voltava a tempo de vermos juntas o pôr do sol. Reforcei que ela poderia se sentir em casa, tomar banho de piscina, dar uma volta, fazer o que quisesse e que nos encontraríamos às 17h, na pousada. Assim ela fez.

Quando voltei da casa da Guida, para quem falei da Gloria por horas, encontrei-a tomando Sol na piscina e conversando com outros hóspedes, já absolutamente integrada ao ambiente, como se tivesse nascido ali. Coloquei um maiô e saímos, só nós duas, caminhando para a praia num passo mais rápido para não perdermos o momento em que o Sol baixa e deixa a praia laranja. Escolhi ir pela Rua Principal para mostrar à Gloria o mercadinho, o Beco do Forró – que não é onde acontece o forró aonde costumamos ir, mas tem outro quase bom também –, a praça com a sorveteria, o restaurante, a creperia e as muitas barracas que se acumulam no fim do corredor que dá na praia.

Jeri é linda de explodir a essa hora. Chico Buarque inventou a expressão "arrombar a retina" quando cantou sobre a beleza do Rio, e eu me apropriei dela para definir o que via. O mar está perto, as pessoas caminham devagar, cansadas do dia de Sol, mas também como se os passos ditassem o ritmo daquele momento. Ir devagar, para enganar o tempo fazendo o minuto durar mais. Olhei aquela cena para o meu próprio deleite e em seguida olhei para a Gloria, que não conseguia falar.

— Isto não pode ser real! Não é justo que tenhas tido acesso a este lugar tua vida inteira! — ela disse, me socando delicadamente no braço. E eu ria, por cumprir minha missão de ver mais um coração rendido àquele lugar.

O Sol refletia no rosto da Gloria e eu cheguei a pensar que ela era uma deusa de verdade, sem misticismo, sem religião. Um tom de dourado naquela pele, o sorriso amplo e pujante. Ela levantava os braços como se pudesse abarcar o momento. Depois dava uns passos pra frente e eu via apenas sua silhueta contra o Sol. O contorno daquele corpo onde morava aquela mulher que atravessou o mundo para estar ali comigo, depois de alguns anos do nosso primeiro encontro. Quanta coragem existe em alguém tão pronta para o amor?

— Você quer ver o pôr do sol da Duna ou dali de cima? Conheço um cantinho menos cheio, podemos beber *frozen* caipirinha pela metade do preço.

— Ótimo! Claro! Vamos pra lá! Podes me levar aonde quiseres! — Gloria falava tudo com uma excitação que jogava pontos de exclamação no ar.

No bar, nos acomodamos nas espreguiçadeiras, Antônio riu de longe e eu já fiz o sinal para que ele trouxesse duas caipirinhas. Tirei o vestido daquele jeito lento que só consegue fazer quem muito hesita, e fiquei só de maiô. Pensei no meu corpo magro, nos quilos que perdi e quase me vesti de volta. Mas lembrei que a Gloria ficaria ali por semanas, iria me ver sem roupa ou de biquíni uma hora ou outra. Me rendi. Gloria, por sua vez, já usava apenas biquíni desde que chegamos à beira da praia.

À medida que o Sol despencava e o céu ficava entre o vermelho e o violeta, o rosto da Gloria ia mudando e se tornando mais e mais incrédulo. Seus olhos se mexiam com muita rapidez e sua cabeça, de vez em quando, balançava e ela repetia, baixinho: surreal, isto é surreal! Foi quando pediu que eu chegasse mais para lá, dando espaço para ela na minha espreguiçadeira e deitou do meu lado. Passou o braço por mim e eu me aninhei no pequeno espaço entre seu ombro e seu pescoço.

E chorei. Baixinho, para a Gloria não ouvir nada. Eu me sentia tão feliz que achava errado. A felicidade me invadia de um jeito tão bruto e tão selvagem que doía, e eu pensava que não merecia sentir aquilo. Estar feliz daquele jeito me fazia acreditar que algo muito ruim aconteceria em breve, para garantir que aquele sentimento terno e pleno não era para mim. A felicidade era tipo um artigo de luxo, feita para pessoas melhores do que eu, menos erradas do que eu, mais bonitas do que eu. Estava convicta de que nada do que eu era ou havia feito me tornava merecedora de estar nos braços da minha amiga, bebendo uma caipirinha pela metade do preço, sentada numa espreguiçadeira em Jeri, depois de trabalhar quase dezoito horas por dia nos últimos meses. A felicidade me enchia de medo e de culpa. Mas eu tinha que, pelo menos, dizer à Gloria o quão bom era tê-la ali.

— Gloria, eu estou muito feliz porque você está aqui — eu disse, disfarçando a voz de choro.

— Eu também, meu amor. Não consigo dizer em palavras o que é estar aqui contigo.

— Tenta? — eu pedi.

— Ok. Hum... Como posso dizer isso? Quando tu me respondeste aquele e-mail, foi como receber um bilhete premiado da vida. Um bilhete que eu havia perdido em Lisboa e o Universo me trouxe de volta. Nunca esqueci aquele réveillon em que nos beijamos, a noite que passamos juntas no teu apartamento. Eu nunca me senti tão de alguém que só estava ali dormindo do meu lado. Tu ali, tão bonita, tão em paz, seminua. E eu radiante em só te assistir, em me encostar do teu lado e dormir.

Apertei a Gloria entre os meus braços porque o abraço estica o momento mais um pouco, dei um beijinho no rosto bonito dela. Senti o cheiro de protetor solar, que virou o seu cheiro oficial.

— Vamos tomar banho de mar? — sugeri.

A praia já estava mais vazia, o vento batia levinho. Soltei o meu cabelo e reparei que a Gloria me olhava. Um olhar terno e admirado. Ela segurou a minha mão e fomos assim para o mar, de mãos dadas. Mergulhamos, nadamos. Dava para ouvir a música de longe, vinda do Bar do Alexandre. Tocava "Is this Love", do Bob Marley, mas cantada por um artista local, com uma voz bem decente.

"I wanna love you, and treat you right
I wanna love you, every day and every night
We'll be together, with a roof right over our heads
We'll share the shelter of my single bed
We'll share the same room
Is this love, is this love, is this love
Is this love that I'm feelin'?"

Éramos só eu e a Gloria ali. Nossos dois corpos molhados, dançando na água, recebendo o afago do Sol, mergulhando, ouvindo a música. *"Is this love, is this love, is this love?"* Gloria nadou na minha direção e eu não consegui tirar os olhos dela. Chegou com o corpo perto do meu, encostou em mim. Segurou meu rosto com as duas mãos.

— Tu estás linda demais. A única coisa no mundo inteiro mais bonita do que esta praia — ela disse.

Eu fechei os olhos. E ela me beijou.

"Is this love, is this love, is this love?"

Beijar a Gloria foi como um reencontro.

A emoção de voltar a visitar um lugar que me marcou, de voltar a fazer uma viagem já feita antes só para comer a mesma comida, sentir o mesmo cheiro e as mesmas alegrias. Um roteiro repetido propositalmente.

Ali estava eu, de novo, como que me vendo de fora da cena. Eu me via com a Gloria dentro daquele mar, como se ver de longe me desse a certeza de que aquilo estava mesmo acontecendo. Me desloquei da cena para conferi-la. A beleza do todo, com aquela mulher, no mar de Jeri. A Gloria, que não poderia ter outro nome. Essa mulher tão grande, que não cabia no seu próprio corpo e que quase não cabia no mar.

10.

NA VOLTA DA PRAIA, PARAMOS PARA TOMAR AÇAÍ. EU TINHA que ajudar as meninas na pousada, não podia demorar muito, mas consegui avisar que chegaria às 19h, em vez das 18h, como era de costume. Já na pousada, Gloria tomou banho e disse que iria dar uma volta, enquanto eu resolvia as pequenas burocracias dos hóspedes. Também tomei banho e, como não havia pendências, fui responder aos e-mails e mensagens deitada na rede, com um copo de caipirinha.

Às 22h, a Sabrina e a Ana voltaram, animadíssimas com o jantar em um restaurante novo, que ficava na rua vizinha. Eu e Glória estávamos prontas para a noite, que incluía crepe na praia e forró perto da Rua da Igreja.

Entre um e outro, ficamos sentadas na calçada da Rua Principal. O forró só começava às 0h12 (essa é outra coisa de Jeri, os anúncios de festas apresentam sempre horários quebrados), então, tínhamos tempo para matar.

— Falei de você pra Guida hoje. Você tem que ir lá conhecer ela. Mas, quando for, tem que tentar falar mais devagar pra ela te entender ou eu vou ter que traduzir esse teu português com sotaque espanhol — eu ri.

— O que tu falaste pra ela? — Gloria perguntou, ansiosa para me ouvir falar dela mesma.

— Falei que eu estava muito feliz que você havia chegado. Que é como se você tivesse vindo iluminando os caminhos. Disse que estava animada por te apresentar a vila, a praia... Falei que gosto muito de você e que você é linda tipo atriz de cinema.

— Só mentiras! — Gloria riu. — O que ela faz?

— Assim... ela faz temperos para vender para os restaurantes, hotéis e pousadas daqui. E mora com a neta, Luana, de 11 anos, que quando te conhecer vai querer aprender a falar espanhol, garanto. Ela já fala inglês, sabia?

— Sim, não duvido. Deve saber falar inglês melhor do que eu.

Era bonitinha a tentativa de autodepreciação da Gloria, como se ela soubesse tudo que era, mas não quisesse ser presunçosa. Não conseguia ser presunçosa.

Já era quase meia-noite quando saímos a caminho do forró. Antes de deixarmos a praia, paramos para ver uma fogueira acesa perto das barracas e uns rapazes jogando capoeira ao redor, enquanto outros apenas dançavam ao som da música. Era como uma festa do corpo: fortes e bronzeados se mexendo no mesmo ritmo, como um grande ritual, que me impelia a repetir os movimentos.

Fazia muito calor e eu comecei a dançar. Com gestos lentos, balançava para lá e para cá, a mente influenciada pela cachaça e pelo sangue que ardia com a proximidade do fogo. Tirei as havaianas que usava, pisei no chão, na terra. Passei a dançar com mais vigor, tendo consciência, ainda que breve, dos meus movimentos, da potência do meu corpo e da minha sensualidade. Eu usava um vestido branco, curto, fluido e com alças finas. Meu cabelo longo e ondulado, os brincos grandes, meus seios quase à mostra. A luz do fogo iluminando o meu rosto.

Gloria veio devagar, balançando o corpo no ritmo do meu e eu sorri, como se fosse a minha alegria que, dessa vez, exercesse um poder sobre ela. Como se o meu corpo ali, quente e pulsante, me transformasse numa fonte de calor que ela quisesse alcançar.

Ela me puxou pela mão, devagar, e fomos caminhando, em silêncio, poucos metros pela areia até chegarmos num cantinho quase escuro e sem trânsito de pessoas. Gloria me encostou delicadamente no muro, chegou com o seu corpo junto ao meu e me beijou de novo. Um beijo quente, cheirando a álcool. Uma bomba de adrenalina percorrendo minhas veias, o ar não dava conta de sair pelas minhas narinas e saía pela minha boca.

Eu tentava me acalmar, enquanto ela beijava o meu pescoço, meus ombros e colocava a mão suavemente por baixo do meu vestido. Acariciou minhas coxas, minha virilha e se perdeu por ali. Gloria me tocou por dentro da calcinha e me senti líquida, múltipla, pronta. Baixou a alça do meu vestido, meu seio esquerdo ficou à mostra, com meu mamilo duro e agora molhado pela boca da Gloria. Sem medo, sem qualquer vergonha, sem decência ou indecência. Eu, a Gloria, o fogo, a terra, a água e o ar.

11.

NO FORRÓ, DANÇAMOS, BEBEMOS, NOS DESVIAMOS DE NÃO SEI quantos homens que queriam a nossa companhia e *otras cositas más*. No entanto, qualquer pessoa ali seria gente demais, eu e Gloria éramos a melhor companhia uma da outra. O espaço em que o forró acontecia era pequeno, com iluminação artesanal. Um pedaço de piso de cimento para arrastarmos o chinelo, contrastando com o chão todo de areia da vila. Havia sempre um cachorro pelo canto, dormindo, alheio ao arrasta-pé e à música alta.

Gloria não dançava forró, era um desastre, na realidade. Mas depois de desistir de aprender, ela passou a dançar ao seu próprio modo, e tudo que ela fazia ao seu modo era bonito, como bonito é tudo que a paixão pinta.

Cansadas, voltamos para casa por volta das 4h da manhã, no caminho escuro da igreja. Uma caminhada curta, de 15 minutos, entre o forró e a pousada. Fomos cuidadosas na chegada, evitando fazer barulho com o portão. No nosso quarto havia duas camas, uma de casal e uma de solteiro. Eu vi que a Gloria havia mudado a cama de casal de lugar, agora ficava perto da janela. Eu peguei água e cocada e deixei ao lado das camas, para ajudar a curar a ressaca do dia seguinte.

Gloria abriu a janela e vimos um céu iluminado. Coloquei Jimi Hendrix para tocar. A mesma música que havia me feito idealizar o sexo quando estava no carro, a caminho de Jeri.

Ali, eu sentia toda a excitação da primeira vez, mas com mais consciência e menos ansiedade. Um coletivo de borboletas, passarinhos, bichos com asas, não só no meu estômago, mas ao redor de mim. Eu já sabia como a coisa funcionava, já sabia do que se tratava, já havia explorado muitos dos prazeres que o meu corpo pode me dar. Sexo não era mais algo a se descobrir. Mas a Gloria era e isso fazia toda a diferença.

Quando deitei, ela deitou do meu lado, tirou o vestido, olhando fixamente para mim. Depois tirou o meu vestido, sem pressa, acompanhando com os olhos cada pedaço que desnudava. Tirou minha calcinha e me consumiu com uma paixão que eu jamais vi, acessando meu corpo com conhecimento, a boca entre as minhas pernas e uma das mãos no meu seio.

— Eu sonhei com isso muitas vezes, desde que fui embora de Lisboa — ela disse.

— Eu nem tive tempo de sonhar, Gloria... Mas, se tivesse, seria com isso.

Como eu não tinha experiência, apenas repeti tudo o que a Gloria fez comigo. Éramos um corpo guiando o outro. E a vi se fazer inteira em espasmos, se contorcer e, por fim, tremer. Os verbos podem soar estranhos quando ditos assim, mas era prazer. Depois do último tremor, seu rosto estava vermelho e a sua boca parecia em chamas.

"Angel came down from heaven yesterday
She stayed with me just long enough to rescue me
And she told me a story yesterday,
About the sweet love between the moon and the deep blue sea
And then she spread her wings high over me
She said she's gonna come back tomorrow"

Estávamos suadas e Jimi Hendrix continuava cantando "Angel". Dormimos nuas, abraçadas e era apenas o primeiro dia.

12.

NA SEMANA SEGUINTE, EU E GLORIA SÓ NOS DESGRUDAMOS quando eu estava na casa da Guida, que ela também conheceu em alguns dos almoços diários. É desnecessário documentar que Gloria amou a Guida e vice-versa. O mesmo com Luana, que, como eu previ, queria usar a Gloria como professora de espanhol. Se eu tivesse levado uma amiga chinesa ali, é fato que a menina iria querer aprender mandarim. Gloria não se opôs a dar dicas a Luana, sugerindo músicas e filmes jovens em espanhol na Netflix. Ela também enchia os olhos de Luana quando falava das viagens que fazia e da Europa, o continente em que nasceu. Gloria contava a história por trás de coisas horrorosas, como a exploração dos países mais pobres – fato pelo qual a Europa jamais iria conseguir se redimir, segundo ela –, mas também falava das coisas bonitas, como todos os artistas e a cultura do Velho Mundo. Luana adorava ouvi-la falar. Eu adorava ver as duas juntas.

Gloria também decidiu que, durante o tempo que eu passava com a Guida anotando as receitas, ela faria aulas de *kitesurf*. Só precisava comprar umas dessas camisetas apropriadas, com manga longa, para evitar que se queimasse com o Sol. E assim fez. Todas as vezes que se despedia de mim, ainda na casa da Guida, ela dizia:

— Juro que sentirei saudades tuas pelas próximas horas.

Era novo estar com alguém que dava ao amor a medida que ele merecia. Que encarava os sentimentos como algo que valia a pena ser dito, vivido e demonstrado, não algo de que alguém deveria se envergonhar. Não sei se essa era uma diferença de se estar com uma mulher, mas era uma das particularidades em estar com a Gloria.

De volta à cozinha, eu escrevia as fórmulas da Guida e continuava respeitosamente curiosa sobre o seu quartinho das plantas. Guida me contava histórias da vila até a hora da Luana chegar, por volta de 14h30. Eu ficava mais um tempo com a Luana e ajudava nas tarefas de inglês, que ela estudava por conta própria. E esperava por um dos pontos altos do meu dia, quando a Guida trazia para ela uma cumbuca de plástico com o sorvete que eu comprava. Um dia, eu também trouxe cobertura de caramelo e, meu Deus, foi uma festa. Depois eu seguia para a pousada e encontrava Gloria dormindo na rede, pacificamente, como só dormem os meninos e os bons.

Assim se passou a semana mais fácil da minha vida e a felicidade quase parecia uma coisa feita para mim.

13.

NUMA TARDE DESSAS EM QUE O CALOR É TANTO QUE ATÉ AS moscas ficam pesadas, Gloria havia demorado mais um pouco a voltar da praia. A pousada estava calma e apenas uma mulher lia os livros na minibiblioteca, sentada em uma das poltronas. Perguntei se precisava de algo, ela disse que não.

— Estou hospedada aqui do lado, passei para ler um pouco antes de ir à praia — comentou.

— Fica à vontade, se precisar de algo, me chame.

— Obrigada. Você trabalha aqui?

— Não exatamente. Eu moro em Fortaleza, vim de férias para cá, precisava de uma folga. Mas ajudo as meninas na pousada.

— Folga do trabalho ou da vida em geral?

Perguntinha certeira, pensei.

— Hum... acho que do meu trabalho, mas não só... não sei... tudo que ele envolvia, sabe?

— Sei, sim.

— Você também está aqui de férias?

— Não, quem me dera. Vim resolver algumas coisas, vou ficar uma temporada também.

Depois disso, ela se apresentou. Disse que se chamava Amália e que passava na pousada de novo qualquer hora dessas para conversarmos mais. Amália era uma mulher comum, mas atraente nas entrelinhas. Não tinha nada de atípico nela, no entanto, era bela mesmo assim. Tinha os cabelos castanhos, compridos, nem alta, nem baixa. Um rosto suave e memorável. Parecia tranquila, mas tinha uns olhos atentos, perfuradores, eu diria. Conversamos mais um pouco sobre o ritmo da vila, a vizinhança, a tranquilidade, e ela se despediu com um vago "a gente se vê, então".

Pouco depois, a Gloria chegou. Disse que não se sentia muito bem, talvez por conta do excesso de Sol. E, daquela vez, não iria nadar comigo no fim de tarde.

— Tudo bem, descansa. Nos vemos daqui a pouco. Quer alguma coisa da rua?

— Que tu voltes pra mim, só isso.

— E para onde mais eu iria?

Me jogou um riso satisfeito com a resposta, me deu um beijinho e foi para o quarto.

Na praia, resolvi deitar no gramado perto do Clube dos Ventos naquela tarde, esperando o Sol baixar para tomar banho de mar. Era segunda-feira, o clima estava calmo, havia pouca gente na areia. Do outro lado da grama, perto das espreguiçadeiras, eu vi a Amália. Acenei para que ela viesse se sentar comigo.

— Que coincidência! Acabamos de nos falar! — ela disse.

— Sim! Mas é uma vila pequena, né? Se você vai ficar uma temporada, ainda vamos nos cruzar algumas vezes, tenho certeza.

— Que bom! Você vem sempre à praia sozinha?

— Não. Na verdade, nos últimos dias eu tenho vindo com a Gloria, uma amiga.

— Amiga? Ou namorada?

Eu ri, meio sem jeito.

— Não é namorada, mas digamos que é um pouco mais do que amiga.

— Já vi vocês duas na pousada. Ela é linda.

— Verdade, ela é tipo uma pintura, né?

— Deve ser difícil estar com ela.

— Aí é que está. É muito fácil. A Gloria é a pessoa mais fácil do mundo. Tem sangue quente da Espanha e de Moçambique, mas é a criatura mais dócil de todas.

— Você e a Gloria, a Sabrina e a Ana... a Pousada das Lésbicas.

Eu me senti desconfortável quando ela disse isso. Um frio na barriga indesejado, mexi o corpo para me acomodar melhor, evidenciando o desconforto. Não fiquei ofendida. Não me importava de ser vista como lésbica, embora eu não fosse. Mas achei inapropriado, teve tom de deboche.

— Como assim, "Pousada das Lésbicas"? É assim que você descreve a pousada?

— Não só eu, outras pessoas comentam também.

Outras pessoas.

— Hum... Olha, assim, não que eu precise me justificar ou me defender, mas isso é meio errado de se fazer, não acha? Eu, por exemplo, não sou lésbica. A Gloria também não é, na verdade. O último relacionamento dela foi com um cara. Eu só namorei caras antes de conhecer a Gloria. E a história da Sabrina e da Ana não deveria ser assunto de ninguém, né? Muito menos dar nome à pousada. Elas são um casal, se amam e isso é tudo.

— Verdade, foi bobeira ter mencionado. Você quer nadar? — Amália mudou de assunto na velocidade da luz, indiferente ao meu discurso, sem se importar com o mal-estar que joguei no colo dela.

Eu queria nadar. Entretanto, ainda me sentia irritada com aquele comentário, aquele dedo apontado, aquela intromissão.

— Hum... Não agora, vai lá você. Eu fico aqui olhando as suas coisas.

— Ai, para, vai. Desculpa eu ter falado aquilo. Foi besteira. Vou te pagar uma caipirinha, ok? Para pedir desculpas.

— Ok, não estou com raiva. Mas te conheci agora, né? Achei nada a ver — eu cedi e sorri, tentando quebrar o gelo.

A caipirinha veio, eu bebi com a Amália e, na verdade, ela era mais legal do que pareceu na conversa anterior. Era uma boa ouvinte, me ouviu falar por longos minutos, inclusive, a minha ladainha sobre o trabalho, a raiva do meu chefe, dos meus colegas, de como eu achava estar numa situação nociva, de me ver presa naquilo e não conseguir mudar. Falei sobre aceitar certos abusos emocionais e achar que aquilo vinha, possivelmente, de outros tempos, outros traumas e silêncios.

Eu estava surpresa de me abrir tanto com alguém que eu não conhecia. Mas talvez tenha sido justamente isso, o fato de eu não conhecê-la, que me deixou à vontade.

Ela me ouviu desabafar com paciência sobre como esse detalhe da minha vida, o meu trabalho, bagunçou tanta coisa em mim e me trouxe antigas feridas de volta. E como também tinha me tirado coisas que me eram caras: minha autoestima, minha relação com amigos e família, todos os meus namoros recentes e meus bons quilos. Eu era uma publicitária que todo mundo achava bacana, mas que se sentia uma merda. Porque alguém me disse que trabalhar e ganhar dinheiro e comprar coisas e ter coisas e pagar apartamento maneiro e beber em bares da moda e vestir roupas legais sem parcelar, que tudo isso era o segredo da felicidade, mas ninguém me avisou que manter a vida neste formato me custaria a saúde.

Amália ouvia, atenta, algumas vezes assentindo, outras fazendo intervenções para me incentivar a falar mais. Quando parei, estava cansada de novo e machucada também. Antes de colocar pra fora, a dor era um ponto pequeno aqui dentro, mas à medida que as palavras saíam, ia se alastrando, se alargando, subindo pelo meu esôfago, preenchendo meus pulmões, até me sufocar. Levantei para me alongar, dei uns passos para me distanciar um pouco dela e tentar respirar, mas inspirar o ar para dentro de mim só me fazia inflar o que eu sentia, uma vontade incontrolável de chorar. Fiquei com vergonha de fazer isso na frente da Amália, fiquei com medo de parecer ainda mais fraca e doente.

De longe, vi um rapaz carregando uma cadeira de massagem portátil. Perto, outro rapaz trazia um violão. O massagista parou na minha frente, mas na parte de baixo do gramado.

— Ô, dona, tá a fim de uma massagem? Preço especial pra moça e ainda peço pro meu amigo pra tocar uma musiquinha.

A ideia da massagem naquele cenário, com a luz de fim de tarde e aquela brisa no corpo, me pareceu a saída perfeita para esquecer a amargura que me cortava e evitar chorar na frente da Amália. Aceitei sem pensar duas vezes.

— Você quer fazer massagem também? — perguntei a ela, enquanto o massagista chamava o amigo cantor.

— Não, já fiz massagem mais cedo. Espero você terminar e vamos nadar.

Sentei na cadeira, com o apoio para o rosto entre as minhas pernas, enfiei o rosto naquele buraco que fica no encosto e aguardei que ele começasse. Antes de começar, o rapaz me ofereceu um trago do seu cigarrinho.

— O que é isso? — perguntei.

— Confia em mim, vai ajudar a relaxar — Daniel, o massagista, respondeu.

Obedeci. Puxei o máximo que consegui. Segurei um tempo nos meus pulmões e soltei a fumaça, lentamente, como se isso já fizesse parte do relaxamento que viria a seguir.

— Isso. Boa, essa foi boa mesmo. Tu vai ver como vai se sentir melhor — ele disse.

— Já confiei — respondi.

Quando a massagem começou, voltei a me sentir como no dia em que mergulhei na lagoa, no meio das dunas, no meio do nada. Cada vez que o Daniel passava as mãos nas minhas costas e massageava meus ombros, eu era capaz de sentir o que acontecia no meu corpo todo, ao mesmo tempo. Como se tudo que era vivo em mim se conectasse. Sentia as gotas de água escorrendo, um sopro passando pela minha nuca e o assobio do vento nos meus ouvidos, como numa ciranda embalada pela música do violão do Jean, parceiro do Daniel. Eu me via de novo, pequena, naquela praia tão larga. A massagem me relaxou muito mais do que eu previa. Talvez pela ajuda das caipirinhas e do cigarrinho ou talvez pela maresia, que tem efeito psicotrópico, posso jurar.

Depois da massagem, a caminho do mar ao lado da Amália, me senti levitando. Olhei para ela e a achei tão bonita e sensual que fiquei mal pela Gloria e senti saudade dela no instante seguinte. Do corpo dela, do jeito que ela me acolhe e como eu sou perto dela: possível e real.

Amália foi me puxando para dentro da água, nadamos juntas e em pouco tempo estávamos tentando segurar o ar nos pulmões para ficarmos o máximo de tempo debaixo d'água.

Depois que enchi meu peito, entrei na água e fiquei ali, submersa, relaxada, sem nenhum pensamento específico, mas mil ao mesmo tempo. Não estava mais ansiosa, a vontade de chorar havia passado, deixei os pensamentos irem e virem, com a velocidade que quisessem. Quando o ar dentro de mim estava quase no fim, mexi meu corpo para voltar à superfície, mas não consegui. Senti a mão da Amália segurando a minha cabeça, me mantendo submersa.

Entrei em pânico, me debatia e ela continuava segurando a minha cabeça. Longos segundos depois, eu não conseguia mais respirar, meu corpo tinha se tornado violento e Amália, finalmente, cedeu. Quando pus a cabeça fora da água, puxei o ar com toda a força que pude, fazendo um som selvagem de sobrevivência.

— Você está louca? Qual o seu problema? Você quer me matar?

Amália ria. E o riso dela me incomodou profundamente. Eram dois sorrisos diferentes. Um que saía da boca, amplamente aberta, fazendo um som alto. E outro sorriso nos olhos, fixos em mim.

— Calma! Você tem que relaxar! Eu estava brincando, queria ver quanto tempo você realmente aguentava. Desculpa — ela continuava rindo. Um riso ainda confuso, estranho até.

— Não foi engraçado.

— Desculpa, sério. Não brinco mais — ela disse. — Você não ficou com medo de morrer, ficou?

— Eu não sei, cara... Não faz isso, não é legal. Eu fiquei com medo, de verdade.

— Desculpa, já disse.

Havia alguma calma no tom de voz dela, mas sordidez também, o que era confuso para mim, incômodo e intrigante. Amália. Eu não sabia do que se tratava aquela mulher. Uma hora era inadequada e inconveniente, ao mesmo tempo que me fazia falar sem medo. Amália era um mistério. O oposto da transparência da Gloria.

Cedi, de novo, e a desculpei.

Saímos da água e fomos refazendo, juntas, o caminho de volta. Amália estava hospedada na pousada logo antes da nossa. Nos despedimos na entrada da pousada dela.

— Você vai ao forró hoje? — Amália perguntou.

— Não sei — respondi. — Vou ver com a Gloria. Ela já passou a tarde sozinha. Se ela não quiser ir, vou ficar em casa também.

— Ok, melhoras pra ela. E até qualquer hora.

Quando ela entrou pelo portão, continuei olhando, tentando decifrar aquela mulher, que me parecia tão impetuosa, tão livre e, em poucas horas, tinha feito coisas que me irritavam tanto. Também pensei por que eu deixei que ela me chateasse assim.

Segui para encontrar a Gloria, como ela havia pedido quando saí de casa: quero que você volte pra mim, só isso. Naquela noite, eu e a Gloria não saímos. Jantamos na pousada. Deitamos na rede, vimos vídeos engraçados no celular, ela contava piadas em espanhol, ficava engraçadíssima fazendo isso. Fez carinho nos meus pés. Depois tentou fazer mímicas de filmes para eu tentar adivinhar, só porque eu amava filmes e ela gostava de me ver acertando todos. A Sabrina se juntou à brincadeira e eu ganhava com facilidade. A Gloria comemorava como se eu ganhasse a Copa do Mundo.

Já passava da meia-noite quando deitamos na cama, encostadas na janela, que permaneceu aberta desde a nossa primeira noite juntas. Nessa sequência preenchida de ternura, me senti culpada por ter lembrado da Amália algumas vezes.

Que merda.

14.

NO DIA SEGUINTE, DEPOIS DO ALMOÇO, QUANDO GLORIA FOI para o *kitesurf*, comentei com a Guida sobre a Amália. Disse que tinha me sentido incomodada com ela, mas não a ponto de não querer vê-la nunca mais. Contei que a Amália era inconveniente e parecia meio estúpida, meio selvagem, mas tinha uma liga que conseguiu manter meus pensamentos presos a ela.

Guida apenas ouvia e eu continuava falando. Quando eu perguntei o que ela achava, ela se limitou a duas frases:

— O que você quer que eu diga? Você já sabe.

Guida não poderia estar mais enganada. Eu não sabia. Fingi que a resposta era suficiente, quando tudo o que eu queria era implorar para que ela me desse uma opinião, me dissesse o que fazer, me oferecesse um manual para que eu não errasse nem dessa vez, nem nunca mais. Ou não. Talvez eu não quisesse mesmo ouvir a Guida opinar sobre isso. Como quando você pede um conselho, mas não quer que ele te contrarie.

Naquela noite, saí para jantar com a Gloria num restaurante grande, na Rua Principal. Sentamos nas mesas do lado de fora. Eu pedi um prato de massa e carne, ela pediu um prato com camarões grandes, como os que comia em Valencia, sua cidade natal.

Gloria falava do *kitesurf*, como era estimulante e imprevisível, de como era bom se sujeitar ao vento, e salientou os elogios que o instrutor havia feito a ela. Imaginei que sim. Ela tinha porte, parecia ser boa com esportes em geral. Ela também dizia que passou dicas de alimentação para ele, que está tentando ficar mais forte, ter mais energia. Estava animada para criar um programa alimentar para o instrutor, baseado em itens que ele encontraria na vila com facilidade, tipo peixe, coco e macaxeira.

Estávamos na metade do jantar, quase no fim da garrafa de vinho, quando vi a Amália do outro lado da praça, saindo da sorveteria. Tinha um ar relaxado e lambia o sorvete displicentemente. Uma hora nossos olhares se cruzaram, mas eu não quis reagir nem acenar. Não queria encorajá-la a vir falar comigo. Pelo menos não agora que eu estava com a Gloria. Ela não veio, ainda bem. Ficou sentada na praça, olhando para mim, de vez em quando.

Algumas vezes, eu me perdia enquanto a Gloria falava, observando o caminho que a Amália fazia. Não contei para ela sobre a Amália nem sobre o episódio do dia anterior, quando ela me manteve embaixo d'água tempo suficiente para me assustar. Nem que tinha falado Pousada das Lésbicas. Eu não gostava do sentimento de estar escondendo isso da Gloria. Ao mesmo tempo em que esse segredo me movia e me alimentava, me trazia medo e euforia.

Decidimos ir ao forró depois de bebermos vinho na pousada, com a Sabrina e a Ana. Lá, me peguei tensa pensando que a Amália poderia aparecer a qualquer momento. Que chamaria a Gloria para dançar, que faria o mesmo tipo de perguntas inapropriadas para ela ou até alguma brincadeira que ela, certamente, não iria gostar.

— *Hola, niña!* Hoje tás com a cabeça nas nuvens, né? — Gloria comentou.

— É verdade, desculpa. Estou pensando numas coisas que conversei com a Guida hoje — menti —, mas nada grave. Vem, vamos dançar!

Eram 3h da madrugada, Gloria estava completamente bêbada quando fizemos o caminho de volta para a pousada. Estava mais escuro do que o normal. A Lua estava pequena, o Sol estava longe de aparecer e a luz elétrica era quase nada. Gloria havia comido um brownie de ervas mais cedo. Falava alto, ria mais alto ainda. E tentava me explicar, em espanhol, alguma coisa sobre combinações de comidas e os efeitos delas no corpo com a influência do açúcar.

— Ssshhiiii, Gloria, fala baixo — eu ri, mas repreendi.

— Por quê? Não há casas aqui.

— Não sei... Imagina se alguém está tentando dormir em algum lugar e ouvindo nossa gritaria — brinquei.

Gloria parou, virou o corpo para olhar para trás, deteve o olhar bêbado em algum ponto, depois continuou andando, espalhafatosa.

— Eu penso que não há ninguém nos ouvindo, mas observando, talvez — ela disse, sussurrando, fingindo suspense.

Tive o reflexo de olhar para trás e para os lados. Fiquei com vergonha de fazer isso, mas fiz, era bom se certificar. Não havia ninguém, a nossa única companhia no caminho era apenas um longo rastro escuro atrás de nós, mas não tive como não me incomodar com a sensação de estar sendo observada depois que a Gloria citou essa possibilidade.

Em casa, trouxe água para a Gloria e deitamos na cama, abraçadas. Ela já dormia pesado, poucos minutos depois de deitar, e eu levantei para fechar a janela que passava todas as noites aberta. Não havia visto nada na rua atrás de nós, mas era melhor garantir passando a fechadura.

15.

NÃO VI A AMÁLIA NO DIA SEGUINTE, NEM NO OUTRO. NÃO achei que ela tinha ido embora porque alguma coisa me dizia que ela se despediria de mim antes de ir. Comentei isso com a Guida, que disse ser curioso que naqueles últimos dias eu tenha mencionado mais o nome da Amália do que o da Gloria, mesmo sabendo pouco sobre ela. Justifiquei dizendo que não tinha nada de novo para acrescentar sobre a Gloria, que tudo corria bem, que ela estava feliz, que eu estava feliz e que essa normalidade era o melhor que tínhamos.

— Você está mesmo feliz? Você estava feliz há alguns dias, eu acho. Mas continua feliz agora? — ela perguntou, enquanto mexia os molhos na panela.

— Sim, Guida — mencionei o nome dela com alguma seriedade, coisa que eu nunca tinha feito —, eu estou feliz.

Desviei o olhar, dei de ombros e continuei escrevendo.

Quando terminei, fui encontrar a Gloria na escola de *kitesurf*. No caminho, depois de ter falado dela naquela tarde, para minha surpresa, encontrei Amália sentada nos bancos da praça, numa parte que fazia sombra. Brincava com um cachorro, que parecia se divertir com ela.

— Ei! — eu chamei. — Tudo bom? Como é que tá? Acabei de comentar com uma amiga que fazia dias que não te via, nem na praia, nem na biblioteca.

— Sim, verdade, ando ocupada. Como estão as coisas?

— Tudo bem, tudo tranquilo. Fui ao forró outro dia, você devia ir, é bem legal.

— É, eu sei que você foi.

— Você me viu lá?

— Sim, dei uma passadinha, mas não fiquei. Te vi lá com a Gloria, ela parecia estar se divertindo muito. Parecia ter bebido um bocado.

— É, ela estava meio louquinha naquele dia. Olha, quando eu for de novo com a Gloria, passo na tua pousada pra irmos todas juntas, pelo menos assim você tem companhia.

— Tá bom — ela disse, sem dar importância. O que, de novo, me irritou.

— Estou indo à praia agora, você quer ir?

— Vou andando um pedaço com você.

Quando passamos o corredor de chegada da praia, eu avistei a Gloria de longe. Ela estava de biquíni, com a camisa de mangas compridas colada ao corpo. O cabelo molhado, o rosto bronzeado, ria e conversava com o instrutor, que olhava para ela de um jeito terno, quase fraterno. Bebia água de coco, beliscava um petisco qualquer que estava em cima da mesinha perto deles. Uma vontade de correr e abraçá-la.

— Ali está ela — eu disse, olhando pra Amália. — Gloria! — gritei, tentando fazer com que ela me visse também.

Amália olhou pra mim e colocou o indicador na boca, fazendo sinal de silêncio. Também balançou a cabeça negativamente, como se me pedindo para não gritar.

— O que foi? Você não quer conhecer a Gloria?

— Não. Agora não.

E saiu, andando na direção contrária.

16.

GLORIA ME CONTOU QUE O INSTRUTOR DE *KITESURF* TINHA nos convidado para jantar na casa dele, com a esposa. Eu não podia ir porque tinha que ficar na pousada. A Sabrina e a Ana iriam sair para jantar, já tinham combinado e eu não queria que elas desfizessem os planos. Ainda assim, incentivei Gloria a ir sem mim e ela concordou. Comprou um vinho no mercadinho da Rua Principal e umas velas perfumadas nas lojinhas de decoração, perto das Havaianas.

Ela estava especialmente bonita naquela noite. Usava um vestido verde-oliva colado ao corpo, pegou um dos meus pares de brincos emprestado e passou rímel, coisa que raramente fazia. Ficou com os olhos grandes, dois rios inteiros. Antes de sair, me deu um beijo quente como aquela noite.

— Quero uma surpresa quando eu voltar. O que não vai ser surpresa porque eu acabei de pedir, mas tu entendeste, não é?

— Que tipo de surpresa?

— Eu já estraguei o elemento surpresa pra mim mesma, agora tu queres que eu diga o tipo? — Gloria me olhava com uma cara calculada de desaprovação, enquanto saía pelo portão sem se despedir, transformando o pedido em ultimato.

No intervalo entre uma demanda de hóspede e outra, fui ao quarto e pensei no que poderia fazer para surpreender a Gloria, ainda que timidamente, quando ela voltasse. Vi que ela tinha deixado algumas velas do pacote que comprou. Arrumei a cortina do quarto, abri a janela, troquei as roupas de cama, queimei incenso com cheiro de erva-doce, que ela gostava. E deixei as velas prontas para acender pouco antes da Gloria chegar. Coloquei o vinho branco para gelar.

Voltei para o balcão da pousada e, da janela, vi algumas pessoas sentadas nas poltronas ao lado da biblioteca. Dentre alguns hóspedes da pousada e outros rostos desconhecidos, vi a Amália, mas ela não me viu. Estava sentada, quase deitada na poltrona, lendo um livro do Edgar Allan Poe, pelo que pude reconhecer pela capa que quase cobria o seu rosto.

Estava bonita e parecia calma, apesar da temperatura alta que deixava todo mundo inquieto nas cadeiras.

Usava um vestido azul, longo, com um decote profundo que desnudava o colo bronzeado. Tinha o cabelo preso bem no alto da cabeça. Com uma caneta ou lápis nas mãos, fazia anotações no livro. Que engraçado! Nunca dissemos que os livros poderiam ser riscados, mas também nunca dissemos que não poderiam. Amália fez o que quis. Pensei em dar um oi, ser simpática, perguntar se precisava de algo, mas desisti. Ao mesmo tempo que eu me sentia atraída o suficiente para falar com ela, queria mantê-la afastada de mim. Cedi à segunda opção e deixei-a lá, na companhia dos outros hóspedes. E só fui para aquela área quando todos haviam saído.

Era tarde, mais de 23h, quando resolvi ir à varanda para esperar a Gloria voltar do jantar. Enchi uma taça de vinho e peguei o livro que a Amália lia mais cedo: *Contos de terror, de mistério e de morte*, de Edgar Allan Poe, escrito pelos anos de 1800. Me acomodei na rede, era uma daquelas noites de bafo quente e úmido, que até o chão parecia mais perto da cabeça, que até as paredes pareciam estar queimando, por isso optei pelo vinho branco e gelado, ao invés do tinto, mas, ainda assim, eu suava bastante.

Logo na primeira página, depois de uma longa apresentação feita por Oscar Mendes, havia um trecho grifado, provavelmente pela Amália, não sei. Parecia grifo novo.

"*Como, de um exemplo de beleza, derivei eu um desencanto? Da aliança de paz, uma semelhança de tristeza? É que, assim como na ética, o mal é uma consequência do bem, da mesma forma, na realidade, da alegria nasce a tristeza. Ou a lembrança da felicidade passada é a angústia de hoje, ou as amarguras que existem agora têm sua origem nas alegrias que poderiam ter existido."*

No canto inferior direito da mesma página, uma pergunta feita de caneta:

Quanto tempo se leva para morrer?

Fechei o livro.

17.

QUANDO A GLORIA CHEGOU, VEIO ATÉ MIM, ME BEIJOU, TIROU O vestido e, de calcinha e sutiã, pulou na piscina.

— Está um calor insuportável hoje, e úmido também, não é? Acho que vai chover — foi a primeira coisa que ela me disse. — Vem pra piscina!

O calor estava impraticável mesmo. Uma daquelas noites tão quentes que nos inquietam e confundem a nossa cabeça. A água gelada da piscina era um alívio. Ficamos abraçadas, falamos do jantar, do quanto ela tinha amado a família do Marvin, o instrutor.

— Esse não é o nome dele, né, Gloria? — eu ria.

— É sim, ele é daqui, mas disse que a mãe viu esse nome em algum lugar e o batizou. Mas é com "w", ele me disse. Ou seja, na verdade é Marwin. Acho que talvez tem y também: Marwyn.

Eu não parava de rir, nem ela, enquanto repetíamos as possíveis variações do nome do instrutor.

Saí da piscina um pouco antes da Gloria, para acender as velas no quarto, que parecia mesmo um lugar diferente, novo, feito para nós duas. Quando ela chegou, se despiu da toalha, tirou a calcinha e o sutiã molhados e deitou na cama. Eu, de camiseta, com uma toalha enrolada no cabelo, deitei ao lado dela.

— Esses dias estão sendo como um sonho para mim — ela disse, sussurrando, com o rosto colado no meu. — Mesmo que não nos víssemos nunca mais, mesmo que acabasse aqui e amanhã eu fosse embora e sumíssemos da vida uma da outra, sem deixar rastro, nem evidências, nem nada que ajudasse a sustentar a memória, que é o pior jeito de sumir, eu já teria sido feliz o suficiente.

O meu coração parecia que ia quebrar a porta do peito.

— Gloria, a tua presença me enche de uma alegria perene, constante, até nas menores coisas. Tipo, olha: essa tua marquinha aqui, essa aqui, bem pequena, que tu tem desse lado do pescoço, essa marquinha aqui já me faz feliz. O jeito que tu semiacorda de manhã e vira o rosto um pouco, ainda de olho fechado, para pegar o risco do Sol que entra pela janela, também me enche de alegria.

— Eu gosto de pensar que estamos vivendo, eu e tu, uma coisa que não é definida no conceito nem do espaço nem do tempo — ela continuou. — Porque isso, nós duas aqui nesta cama, está acontecendo hoje, sim, mas está acontecendo para sempre também. Nós estamos aqui e estaremos em outros lugares, tão logo nos movamos, e isso segue com a gente. E porque estamos nesta cama, neste hoje, determinamos acontecimentos diferentes dos que aconteceriam se estivéssemos em outros lugares. Todas as decisões que tomei na vida me trouxeram para cá. Tudo que vou ser daqui por diante vai ter isso comigo e os pequenos acontecimentos decorrentes disso determinarão outros, em outros momentos. E, mesmo quando não estivermos aqui, isso já existiu e uma existência é inteira, absoluta, irrevogável. Tudo que existiu não inexiste nunca mais.

— Gloria...

Nos beijamos, nos amamos, existimos. E choveu mesmo, como ela havia previsto. Eu sentia o meu corpo difuso no corpo da Gloria, a confusão de onde começava um e terminava o outro. Quais pernas, braços e mãos eram dela e quais eram meus. A chuva descia forte e estrondosa, como blocos firmes de água. A força da natureza era a única ali maior do que nós duas.

"Well, I love your screams of passion
In the long hot summer night
But you pepper me with poison darts
And twisted in your knife
But don't stop, honey, don't stop
Don't stop, baby, don't stop"

Em algum momento da noite, tocava "Don't Stop", dos Rolling Stones. Na manhã seguinte, acordei e não vi a Gloria ao meu lado.

18.

ABRI E FECHEI OS OLHOS DE NOVO, TENTANDO RECAPITULAR A noite anterior em segundos. A ausência da Gloria na cama logo cedo era algo tão novo na rotina das últimas semanas, tão desconhecido, que me fez duvidar até que eu estivesse mesmo ali. Como quando eu dormia a primeira noite numa casa para a qual havia acabado de me mudar e eram necessários alguns segundos para que o cérebro fizesse o reconhecimento da área.

Olhei no banheiro, nada. Pela janela, passei os olhos pelo jardim, nada. Procurei a Gloria perto dos bangalôs, na grama, na varanda, nada. Sentei nos bancos da área de café da manhã. Só havia o barulho da Rita fazendo mais ovos. Perguntei pela Gloria.

— Não vi ainda hoje — foi a resposta. Voltei ao quarto e o equipamento de *kitesurf* estava lá. Já ia telefonar, quando ouvi a sua voz da rua. Ela chegava com a Ana.

Senti um alívio tão gostoso quanto olhar o rosto dela. Gloria passou por mim, sem falar, apenas respondeu ao meu bom-dia, secamente. Ana emendou uma conversa comigo sobre o site da pousada, coisas que ela queria fazer, animada, enquanto tomava suco de abacaxi cheio de gelo. Eu não ouvia uma palavra do que ela dizia.

Pedi licença e fui para o quarto falar com a Gloria. Ela pegava a bolsa com o material do *kitesurf*, que só praticava à tarde.

— Você vai fazer aula agora? — perguntei.

— O vento está melhor agora.

— Você acordou, levantou, tomou banho, tomou café, saiu e nem me deu beijinho de bom-dia? — perguntei, tentando ser fofa, sem saber se havia conseguido.

— Hunrum.

— Aconteceu alguma coisa? Por que você não está falando comigo?

— *Aconteceu alguma coisa?* — ela repetiu com um rosto tão sério que parecia outra pessoa, uma completa desconhecida. — Acho engraçada esta pergunta.

E saiu sem me olhar.

19.

DURANTE A MANHÃ INTEIRA EU REPASSEI CADA DETALHE QUE consegui lembrar da noite anterior, enquanto a aflição de simplesmente não entender a raiva que a Gloria sentia de mim ocupava o meu corpo. Pelas minhas suspeitas e puxando meu histórico, eu era perfeitamente capaz de ter feito algo muito ruim para a Gloria. Eu sempre estragava as coisas, a julgar pelos feedbacks convincentes que recebia dos meus ex-namorados.

Lembrei de um quando eu tinha 16 anos. O que se sabe da vida nessa idade? Pois é. Acho que aos 16 anos eu sabia como deixar um homem com ódio. Naquela época, segundo ano do Ensino Médio, eu saía com um cara que tinha 20, fazia faculdade de Economia na universidade federal perto da minha escola. Eu era crescida, como cansei de ouvir, esperta, lia livros difíceis. Não só tinha lido vários do

Machado de Assis, mas também Kafka e George Orwell, o que me enquadrava na categoria dos nerds de livros, embora eu não me visse assim.

Já saía com esse cara há meses, era meu namorado. Costumava me esperar na saída da escola. Às vezes, íamos ao cinema, nos víamos nos fins de semana, essas coisas. Éramos apaixonados, feitos um para o outro, eu acreditava a cada vez que me diziam isso.

Um dia ele me disse, cheio de culpa e quase chorando, que havia ficado com outra menina numa viagem de fim de semana que tinha acabado de fazer com uma galera, incluindo alguns amigos que tínhamos em comum. Que tinha visto essa garota algumas outras vezes na volta da viagem. Que tinham transado e que – disse com lágrimas nos olhos – como a gente não transava – porque eu era virgem – isso era difícil para ele. Mas que me amava e queria ficar comigo.

Na noite dessa confissão, lembrei com clareza que meu irmão havia alugado o filme *Romeu e Julieta*, a versão com o DiCaprio e a Claire Danes. Chorei mais do que viúva em enterro. Chorava a dor da desilusão aos 16 anos e todo mundo sabe o que isso significa. O estrago aparentemente irreparável, a certeza que se tem naquela idade de que a dor nunca mais vai passar, que o desamparo é uma condenação. Entretanto, preciso ressaltar: a dor era pelo chifre mesmo porque o namoro eu nem pensei em terminar. Ele pediu perdão, disse que era doido por mim, eu perdoei. Repassei esses detalhes na cabeça enquanto via *Romeu e*

Julieta, esse casal que preferia morrer do que viver separado – mesmo depois de terem passado só uma noite juntos –, e me desfazia em lágrimas até dormir com o rosto cansado.

Meses depois, o namoro ia bem, mas tive uma queda por um aluno novato da minha sala, que tinha entrado na minha turma no segundo semestre do ano letivo, transferido de outra sede. Gato demais. O melhor do time de futebol. Ele também tinha uma quedinha por mim, estava na cara, e ficamos meio de paquera.

Às vezes, estudávamos juntos na biblioteca, às vezes passávamos o intervalo sentados na arquibancada sozinhos, e outras vezes ele ia andando comigo até o ponto de ônibus. Até que, certo dia, meu namorado me esperava na saída e me viu conversando, talvez rindo, com o meu paquerinha. Rindo, provavelmente, porque ele, o Felipe, meu colega gato e bom de futebol, era engraçado, ainda por cima. Meu namorado morreu de ciúmes, perguntou quem era, onde morava, o que eu fazia com ele no final da aula. Desde esse dia, passou a me esperar quase sempre na porta da escola. Tanto que evitei ser vista com o Felipe depois do portão. Tudo o que eu conversava com ele era do lado de dentro do colégio.

Foram semanas até meu namorado-bicho amansar e parar de me vigiar, digo, me esperar na porta da escola. Num dia em que a minha aula terminava mais tarde, soubemos que havia greve parcial de ônibus, o que me obrigaria a ficar mais tempo no ponto, à espera de algum transporte lotado para ir para casa.

Felipe se ofereceu para me fazer companhia no perrengue. Nos sentamos nos degraus da lanchonete em frente ao ponto, que estava cheia nessa hora, mais de 19h. Felipe era bondoso, gentil, meio tímido. Tinha a minha idade e uma voz mansa. Era bom aluno, tirava notas altas, morava com o pai e dizia sentir saudade da mãe, que morava em Curitiba com a outra família. Eu era o oposto complementar. Morava só com minha mãe e sentia saudades do meu pai, que morava em Brasília e, assim como a mãe do Felipe, vivia com outra família. Éramos dois adolescentes sentados nos degraus de uma lanchonete, no centro da cidade, no meio de uma greve de ônibus, sentindo falta de algo que nos custava tanto.

Minha quedinha pelo Felipe aumentou ali e encostei minha cabeça no ombro dele, porque nada poderia nos unir mais do que conhecer, sem precisar verbalizar muito, esse buraco que existe no outro. Ele disse, gaguejando, que sentia vontade de me beijar faz tempo e eu disse que também queria muito que ele me beijasse. Reforcei o muito. Mas daí eu emendei dizendo que precisava pensar um pouco antes de decidir se ele poderia me beijar, porque eu tinha namorado. Ele disse que tudo bem, que esperaria. O problema é que naquele segundo eu vi meu namorado a poucos metros de mim. Ele não tinha me visto no portão de saída e resolveu me procurar no ponto de ônibus. Me encontrou com a cabeça no ombro do Felipe, um cara cujo ombro eu jamais poderia usar como encosto de cabeça.

Bastante chateado com o que via, ele me puxou pelo braço, disse que queria conversar e eu pedi para o Felipe ir embora, que falava com ele no dia seguinte e que estava tudo bem. Felipe hesitou, mas foi. Meu namorado me puxou pelo braço, provavelmente me deixando um roxo de brinde, para um canto menos barulhento e perguntou o que eu estava fazendo com o Felipe ali. O diálogo foi mais ou menos assim.

— Tu tá ficando com esse cara?

— Não, não estou.

— Olha pra mim, olha no meu olho, não mente pra mim.

— Não estou mentindo, não estou ficando com ele.

— Mas tem vontade? Não adianta disfarçar, eu já saquei tudo.

Não respondi, desviei o olhar. Ele insistiu.

— Responde. Olha na minha cara e fala a verdade.

— Acho que eu tenho um pouco de vontade, sim, mas não muita, juro. E nunca aconteceu, eu juro, juro mesmo.

— Eu sabia! Eu sabia!

Eu pedi desculpas, disse que o amava e que aquilo era besteira. Que o que eu sentia pelo Felipe era uma quedinha besta, infantil. Ele respirou fundo. Abaixou o tom de voz e falou, pau-sa-da-men-te, essas frases que lembro como se tivesse ouvido há cinco minutos:

— Você é uma puta sem-vergonha. Você não presta. Você é uma cachorra que não vale nada e eu quero distância de você. Distância. E você nunca, nunca na vida vai achar um cara que nem eu. Que te ame do jeito que eu te amei e que me dediquei a você. Eu fazia tudo por você. Não quero nunca mais olhar na sua cara.

Foi com essa sequência de adjetivos que eu descobri, aos 16 anos, que as coisas que eu fazia eram muito graves e decisões imbecis, como encostar a cabeça em alguém, tinham um alto potencial de destruir relacionamentos, de destruir pessoas.

Nunca mais confessei sentir queda por ninguém, caso eu estivesse namorando. Mas os caras seguiam deixando claro que, se o relacionamento não dava certo, a culpa era minha. Não importava o que eles faziam. A causa do fim era eu.

Uma década e meia depois, esse medo de estragar tudo chegou ao que eu vivia com a Gloria. Eu não queria arruinar nada com a Gloria. Na verdade, a ideia de bagunçar o que tínhamos era tão triste quanto a ideia de não poder ouvir música nunca mais.

20.

EU QUERIA FALAR SOBRE O QUE ESTAVA SENTINDO COM A GUIDA e fui para lá bem antes da hora do almoço. Quando cheguei, vi a Guida com o rosto desolado, uma expressão cansada de quem dormiu pouco, os olhos inchados como se tivesse apanhado de alguém.

— O que houve, Guida? O que você tem?

— Nada, filha, coisas da vida, nada fora do normal.

— Você está precisando de alguma coisa? Se precisar, eu faço. Se for dinheiro, eu arranjo.

— Não, não. Não preciso de nada. Entra aqui, me ajuda a cortar as verduras.

Comentei com ela sobre a Gloria. Disse que eu certamente tinha feito alguma coisa para deixá-la com raiva de mim e que eu sempre fazia coisas que deixavam as pessoas com muita, muita raiva a ponto de elas irem embora. Eu disse que tinha medo de estragar tudo. E que, como a

Gloria não falava, eu não sabia o que tinha acontecido, que a dúvida estava me deixando fraca nos ossos.

— Choveu muito ontem, não é? — ela falou, bem sentida.

— Nossa, choveu bastante, um horror. Mas o que isso tem a ver?

— A chuva, minha filha... — suspirou, como que para dar fôlego às palavras. — A chuva é uma força na natureza que é mutável. Um fenômeno que é resultado de mudanças do estado de uma mesma fórmula. Muita gente associa a chuva à fertilidade, à bonança, à regeneração da vida e está certo, mas esquece que a chuva também é destruição e caos. Foi com ela que Deus resolveu acabar com tudo. A chuva, um dia, também foi o fim. A água, como tudo que é vivo, tem dois lados.

Guida mal terminou a última frase e desatou a chorar.

— O que foi, Guida? — Eu a abracei. — Fala comigo!

— Você quer saber a história do quartinho ali de trás, não quer?

— Sim, quero, mas não importa agora. Eu quero saber mesmo é por que você está assim e se eu posso fazer alguma coisa para ajudar. Você está doente, Guida? — Tremi com essa pergunta e mal conseguia respirar.

— Não, filha, não estou doente. Ou estou doente faz anos, não sei. A história do quartinho das plantas é, também, a história que explica esse meu choro.

— Então conta, Guida, senta aqui, com calma. Vou pegar água pra ti, espera.

Ela tomou a água, devagar. Inspirou o ar profundamente, acalmou o peito e começou a me contar.

21.

GUIDA NASCEU E CRESCEU EM REDENÇÃO, UMA CIDADE NO interior do Ceará, a primeira do Brasil a libertar, como costumam dizer, todos os negros que foram escravizados. Sua mãe era dona de casa e seu pai era marceneiro, talentoso. Fazia de tudo, porta, móveis, qualquer coisa que se imaginasse. E tinha um aprendiz. Um menino novo, pelos seus 16 anos, que trabalhava com seu pai e aprendeu a profissão com ele. Queria fazer móveis diversos e vendê-los e tudo porque sonhava em juntar dinheiro e morar perto do mar, afastado das pessoas, pescando, criando os filhos, amando a mulher que teria anos depois.

Essa mulher seria a Guida. Ela casou com o aprendiz de marceneiro do seu pai. Ainda estudava quando casou, então, teve que conciliar os estudos com as tarefas de dona de casa. A sorte é que moravam no mesmo terreno dos pais dela, e a mãe ajudava no que podia.

Quando tiveram o primeiro filho, Guida parou de ir à escola para cuidar do bebê. O marido, então, vendo a família formada, achou que era hora de ser independente e ter seu próprio negócio em outro lugar. O sogro insistiu para que ficassem, mas ele queria ter a própria casa, mais perto da praia, num lugar mais longe, uma vila pequena, como sempre sonhou.

E, como não queria fazer concorrência com o sogro, decidiu que se mudaria para bem longe de Redenção e também para longe de Fortaleza. Pegou Guida e o menino pelo braço e se mandou para Bela Cruz, do outro lado do mapa.

Na vida nova, não se importou que Guida voltasse a estudar, sabia que o desejo dela era chegar a concluir o Terceiro Ano Científico, tipo um primo dela distante que se formou no Liceu e foi até para o Rio de Janeiro fazer faculdade, meu Deus do céu!

Pois o marido não colocou empecilhos, desde que: o filho fosse bem-criado, a comida fosse bem-feita e a casa fosse bem limpa. Guida cumpriu o combinado, com a ajuda de Diego, filho da vizinha, que cuidava do menino nas horas em que ela ficava fora. Diziam que Diego tinha um jeito engraçado, estranho até, mas aquilo não fazia a menor diferença para a Guida. Diego era bom, cuidadoso com as crianças e ajudava Guida a conseguir dar conta dos estudos. Mas veio o segundo filho.

Guida sabia que seria mais difícil estudar e fez o que pôde. Pedia a compreensão dos professores quando faltava, estudava de madrugada, entre uma mamada e outra, mas, exausta, teve que desistir de novo até que o bebê desmamasse, o que só aconteceu quando ele tinha quase dois anos.

Por 24 meses, Guida foi uma mulher como tantas outras: dividida entre o amor pelo filho, o prazer de ser sua paz e alimento, porém, cheia de nostalgia pela vida que podia ver de tão perto, logo ali na esquina, mas que nunca alcançava.

Guida venerava os filhos. Amava-os com um amor cuja medida era, até então, desconhecida por qualquer um, em qualquer tempo da história. Ver seu bebê grudado no peito e olhando nos seus olhos era o mais perto que ela havia chegado de Deus. No entanto, sentia falta da escola e das coisas que aprendia. Sentia saudade de quem era na sala de aula. Atenta e curiosa. Moça ainda, lamentava não poder ser jovem, ter que saber tantas respostas, inclusive as que envolviam criar seres humanos. Guida queria as perguntas, amava o que não sabia.

Com o segundo filho desmamado, Guida voltou à escola com o ânimo de quem voltaria para casa depois de uma viagem cansativa. Diego havia sido expulso de casa porque o estranho a que eles se referiam era outra palavra para afeminado e agora os vizinhos riam dele sem ser escondido, na frente dele até. Com Diego jogado no mundo, Guida pediu para que ele ficasse com os meninos enquanto ela ia para a aula, em troca de um dinheirinho para ele pagar o quarto da pensão onde vivia.

O marido, mais uma vez, não se opôs, desde que as obrigações de Guida não caíssem sobre ele. Ela, então, voltou à escola, devorava os livros, lia tudo como quem tem sede. Adorava Ciências. As plantas, a terra, o ar, a água, a Lua, as estrelas, o Sol e tudo o que existia. O planeta era muito rico, o corpo humano, os animais. Ficava encantada com o globo, todo azul e verde, cheio de água, cheio de vida.

Não acreditava que o mundo tinha saído todo de um micróbio, ou de uma explosão. Era Deus mesmo quem tinha feito. Mas o homem tinha inteligência para organizar as coisas, dar os nomes, colocar nos livros. Guida ficava impressionada como cada ser vivo estava interligado, todas as formas de existir. Chegou a sonhar em fazer uma faculdade e estudar a vida, por que não?

Mas veio a terceira gravidez.

Como um meteoro, destruindo o planeta de Guida. Ela não falou em voz alta, mas rejeitou a criança que se formava na sua barriga. Ficou triste porque a vida daquele bebê poderia significar a morte do seu sonho. Um sonho que era pequeno, se comparado ao de tanta gente. Mas aquele era o dela e cada sonho é grande o bastante dentro de uma pessoa.

Guida foi definhando. Era uma grávida magrinha, diziam, a ponto de Diego lhe fazer mingau de aveia para ver se alargava as ancas. Ela ainda ia à escola, mas cada dia que percorria as ruas até sentar na carteira era como contar uma mentira a si mesma. Ela sabia que iria ter que parar dali a pouco e sabe Deus quando – e se – poderia estudar de novo.

De vez em quando, Guida se sentia a mulher mais solitária do mundo. Às vezes, olhava para a barriga e sentia até carinho. Fazia um afago, sentia mexer. Mas lembrava do que teria que abrir mão mais uma vez e chorava. Se achava errada por não estar feliz, mas também não contava a ninguém. Vivia sozinha e a tristeza era o maior ser vivo que Guida já tinha visto.

Oito meses se passaram assim, e só não foi mais porque o bebê resolveu nascer antes. E exigiu quase vinte e quatro horas de trabalho de parto a Guida. Tanto esforço, dor e suor que ela teve que ser levada ao hospital, o que não aconteceu com os dois anteriores, nascidos em casa mesmo, com a ajuda da avó. Guida chegou a duvidar de que toda a força existente em cada célula do seu corpo fosse dar conta de trazer aquele ser humano para o mundo. Mas ela conseguiu, banhada de suor, de lágrimas e de medo, expulsar o bebê de dentro dela.

— Está saindo, Dona Margarida! É menina! — gritava a enfermeira.

Guida não estava preparada para a felicidade que sentiu ao saber que tinha parido uma menina. Ainda dormente, se abriu num sorriso involuntário com a notícia da chegada da primeira filha. Já tinha dois meninos, mas havia acabado de dar à luz uma mulher e isso trazia alegria ao seu corpo cansado do parto e da constante interrupção dos sonhos. Ela sorria genuinamente.

Ainda sob efeito da adrenalina, Guida viu médicos entrando na sala, segurando o corpo minúsculo da filha, que ainda não estava sobre o seu. Sentiu que queria segurar a menina, chegou a pedir. Chegou a insistir. Mas foram poucos minutos até ouvir a frase que ainda ouve, até hoje, com a nitidez de uma fotografia recém-tirada. Aquele eco, cujas letras combinadas formam o som mais doloroso que existe. Sua filha estava morta. Nasceu morta. Morreu ao nascer. No canto, uma enfermeira, ainda nova e desacostumada com o fim de quem vive, chorava ao ver Guida com o corpo pequeno e falecido nos braços. Guida, por sua vez, não derramou uma lágrima. Descobriu ali a imperial presença do vazio, que a engoliu e a reduziu a nada. O nada. A ausência de sentidos e sentimentos, que nada mais é do que a morte.

Quanto tempo se leva para morrer?

Enquanto eu encarava a Guida, com o rosto molhado, sentia a dor da injustiça. Nenhuma mãe deveria parir um filho morto. Nenhum ser humano deveria nascer morto. O ato de nascer é o ato de começar a viver no mundo. Nascer morto é um paradoxo inexplicável, duas palavras que não deveriam nunca estar juntas, não combinam. Nascer morto é um antinascimento. E um filho sem vida são duas mortes porque é matar um pouco a mãe também.

Guida continuou, dizendo que os anos seguintes foram inteiros de culpa pela filha. Achava que ela havia morrido pela rejeição na gravidez. Eu tentei negar, enquanto afirmava que nem todas as mães ficam radiantes com a notícia de que terão um filho, que muitas não falam, mas também prefeririam não estar grávidas. Num quase desespero, lembrei a ela que, mesmo que duvidados ou rejeitados, os bebês nascem e crescem e envelhecem. Que a morte da sua filha tinha sido uma terrível fatalidade, um daqueles fatos que fortalecem a descrença dos ateus.

Ela também disse que sentia uma culpa sem fim porque passou a gravidez sem pensar em como chamaria o bebê e a menina morreu sem nome. Para Guida, não ser nomeada era não existir. Chamou-a de Maria, afinal. Uma menina com mar no nome.

Tentei amenizar a dor dela dizendo que é normal mães escolherem nomes para os filhos só depois que os vissem pela primeira vez. Que na Europa é comum que pais e mães só escolham como seus bebês vão se chamar depois de dias de nascido, que não foi essa a razão da fatalidade. Eu tentava de todas as formas, incluindo as desesperadas, aliviar o fardo de Guida. Até que parei de tentar e apenas chorei com ela. Entendi que nem sempre consolar é eficiente, que tem o tempo de apenas chorar junto.

— Guida, a chuva que você falou. Chovia muito nesse dia, não é? — perguntei, chorando.

— Chovia, filha. Chovia demais. Parecia que o céu estava caindo. Eu achei que era Deus destruindo tudo, levando tudo, a começar pela minha filha. Até hoje, quando chove daquele jeito, tipo choveu ontem, eu revivo tudo aquilo. E Deus me lembra que pode destruir todas as coisas de novo, se Ele assim quiser.

— E o quartinho lá atrás?

— Depois disso, filha, depois do meu luto, que durou longos meses e ainda não passou, eu mesma quis me afastar de tudo que eu conhecia e de todos que sabiam quem eu era. Eu não queria ser a mãe da bebê morta. Daquela vez fui eu quem quis fugir. Larguei a escola pra sempre, mesmo perto do fim. Encorajei meu marido a colocar em prática seu sonho de morar na praia e viemos aqui pra vila, que quando chegamos era vila mesmo. Não tinha nada disso. Era meia dúzia de casas de pescadores e, de vez em quando, uns estrangeiros. Eu queria me isolar e criar meus filhos e amar meu marido, coitado, que disfarçava, mas estava todo quebrado por dentro também. Foi quando compramos esse terreno e começamos a construir essa casa. E comecei a plantar minhas coisinhas ali atrás — apontou com a cabeça em direção à porta dos fundos. — O quartinho me devolveu à vida, e há coisas, essas coisas importantes, que desejamos guardar para nós mesmas — ela continuou. — Eu queria plantar a vida com as minhas mãos para curar a morte que eu sentia aqui dentro. E plantei as flores, as pimentas, as ervas. Às vezes, eu pedia para alguém me trazer um livro da cidade, pra eu estudar mais as plantas e as terras. A vida foi crescendo aqui no quartinho e também aqui dentro. Depois de um tempo, engravidei de novo. Ainda com medo e traumatizada, sonhando toda noite com a minha menina pequena, tentando desenhar o rosto dela, pra eu não esquecer. Depois de nove meses, Deus me deu uma filha. Viva, dessa vez. A mãe da Luana.

Entendi ali a relação entre as duas. Lembrei que um dia vi Guida penteando o cabelo da Luana e senti que, sim, havia muito amor ali, mas não era só isso. Percebi que, ao lado da neta, Guida também matava a saudade da filha que não pôde crescer. Era amor e saudade. Luana era a filha da filha. A vida que renasceu em dobro no coração da Guida. A prova de que a morte havia ido embora e lhe trazido uma presença que gerou outra. Duas mulheres.

Depois ela teve mais um filho, outro homem. Mais vida. E só voltou a sentir a morte anos mais tarde, quando o marido foi para o mar e não voltou. E ela se viu sem o homem que amava, criando os quatro filhos. Mas não estava sozinha, tinha a ajuda de uma vila inteira.

Por isso, Guida tinha chorado na noite anterior, por causa da chuva forte que arrastou seu corpo junto com o da filha naquele dia. Porque a chuva, para o sertanejo, é boa sorte e fartura. Mas Guida era o contraponto do sertão. Uma mulher cearense para a qual a chuva representava o fim. O quartinho das plantas, seu projeto de estufa, virou seu santuário. A vida que resistia ao Sol causticante do Nordeste brasileiro e floria. Ali, ela plantava vida e a via nascer.

Passei a tarde inteira com Guida e só saí de lá ao anoitecer. Não voltei a falar da Gloria, nem da Amália, nem de mim. Era hora de ouvi-la, de abraçá-la e me debrucei nisso. Por mais doente que eu estivesse, por maior taquicardia e ansiedade que eu sentisse pensando no que ouviria da Gloria a seguir, me concentrei naquela mulher que chorava uma dor que eu jamais soube o que era.

22.

NO CAMINHO DE VOLTA PARA A POUSADA, COM GUIDA MAIS aliviada por ter tido uma amiga com ombros a postos e ouvidos atentos, minha cabeça explodia. Primeiro porque a dor da Guida me atingiu como um raio. Quantas mortes uma mulher já enfrentou para continuar viva? O quanto de dor uma mulher é capaz de suportar e se manter de pé?, eu questionava. Segundo porque a minha própria angústia não dissipava. Doía ter magoado a Gloria sem saber como. A aflição da hostilidade da Gloria. Transitando entre ruas pequenas da vila, eu andava como alguém prestes a receber uma sentença punitiva. Meu corpo se recusava a dar mais um passo adiante, ao mesmo tempo em que até o fim era melhor do que agonia.

Na pousada, encontrei a Gloria deitada na rede, falando ao telefone. Ela me lançou o mesmo olhar de morte da manhã e eu tive que esperar exatos sete minutos e vinte e três segundos até que ela desligasse o telefone e eu implorasse, pela misericórdia de todos os deuses, para que ela me dissesse o que eu havia feito. Por fim, ela o fez.

— Eu não gostei do que fizeste ontem. Eu sei que estás acostumada a se relacionar com homens, que eles são maiores e mais fortes... Não sei que tipo de coisa curtes, nem as coisas estranhas que já fizeste na vida, não me interessa saber. Tu és livre. Mas eu não gosto e eu não vou permitir que me machuques.

— Como assim, do que você está falando? — Eu tremia de nervoso.

Ela levantou a camisa num único gesto e eu pude ver as marcas roxas no colo, logo acima dos seios nus. Arranhões quase na altura do pescoço. Nunca fui à guerra alguma, mas presumo que o que eu senti se assemelhava ao momento em que uma bomba explode bem ao seu lado, o ouvido zune, e você não sabe se morreu ou não. *Quanto tempo se leva para morrer?*, pensei.

— Gloria, eu fiz isso? Quando? Pelo amor de Deus, me perdoa. Eu não lembro de ter feito isso, juro por tudo que é mais sagrado neste mundo. Eu não sei o que passou pela minha cabeça, não sei por que fiz isso, mas, acredite, em nenhum momento eu quis te machucar. Por favor, acredite em mim.

— Como assim tu não lembras?

— Eu não lembro, Gloria. Foi ontem? Hoje de manhã? Quando? Eu estava dormindo? Por favor, por favor... Te machucar é a última coisa que eu quero.

Eu comecei a chorar copiosamente. Honestamente.

— Ei! — Gloria levantou e chegou um pouco mais perto. — Não precisa chorar... calma, respira... — pediu. — Está tudo bem. Mas você não pode fazer isso comigo de novo. Nem uma vez. Nem uma única vez mais.

— Eu prometo, te dou a minha palavra.

— Tudo bem.

— Eu fiz mais alguma coisa além disso, ou disse algo?

— Não. Foi apenas isso. Mas tu me assustaste. Tu estavas com os olhos fechados, em cima de mim, com uma expressão estranha, não sei dizer. Eu disse que estava doendo, tu não me ouvias. Chovia muito lá fora, o som estava alto no quarto, eu pedi para parares de cravar as unhas em mim e tu não paraste. Eu segurei o teu rosto e disse para, com firmeza, só então tu acalmaste. Mas, espera... Tu não lembras mesmo de nada disso? Tu bebeste ontem? Ou fumaste?

— Não! Eu jantei, tomei suco, meia taça de vinho branco, esperei você chegar do jantar e só.

Imediatamente, lembrei do trecho grifado no livro que li antes da Gloria chegar. Aquele que Amália lia e fazia anotações antes de mim. Omiti este detalhe porque, claro, uma coisa não tinha nada a ver com a outra.

— Tá bom — Gloria continuou. — Deve ter sido o barulho da chuva que te impediu de me ouvir pedindo pra que parasses. Mas, desde já, saiba: eu não curto essas coisas. E agora vou ter que evitar usar biquíni e, em vez disso, vestir uma camisa, neste calor, por tua causa.

— Não vai mais acontecer, Gloria. Eu prometo.

Cumpri a promessa. Não aconteceu mais nem chegou perto disso. O sexo entre mim e a Gloria, outrora apaixonado, romântico e bonito, virou uma coisa sem adjetivo. O medo de machucar aquela mulher me impedia de amá-la. Cada noite na cama, antes de dormir ou levantar, eu temia que aquilo voltasse a acontecer. Eu me tornei uma amante apática, que retribuía carinhos como quem racionava comida. Tinha aversão de assustá-la de novo, essa ideia me corroía como uma cupinzama, uma colônia de cupins na madeira velha. Além disso, passei a tentar decifrar sinais de comiseração na Gloria. Aquela dó velada que, vez por outra, eu percebia ao falarem sobre os meus relacionamentos. Que eu tinha sorte. Sorte. Uma roleta-russa que fazia com que a pessoa que me amava o fizesse aleatoriamente. Como se o amor destinado a mim só fosse meu por obra do acaso. Eu acreditava e acreditei mais uma vez.

Eu tinha a certeza de que a Gloria queria ir embora e tentei identificar os sinais para comprovar. Ela não dava muitos, por isso eu tive que prestar mais atenção. Se ela queria voltar mais cedo da praia, eu já pensava que ela estava pronta para voltar para o Chile. Ou para a Espanha. Ou para o outro lado do mundo. De manhã, eu garantia acordar antes dela para que ela não fosse embora furtivamente, sem me olhar pela última vez.

A prova cabal de que a Gloria não estava sendo honesta, pensei eu, foi a forma com que ela me acolheu quando eu a machuquei. Ela entendeu rapidamente que eu não fiz de forma deliberada. Havia algo de irreal ali, eu tinha a certeza. E esses pensamentos se repetiam *ad infinitum* na minha cabeça.

— Gloria, você me perdoou mesmo por eu ter te machucado?

— Sim. É claro que eu não gostei e não quero que se repita — reforçava. — Mas eu perdoei.

— Tem certeza?

— Se estou falando, é porque tenho. Por que eu não teria?

— Você acha que tem algo de repulsivo em mim? Você está infeliz comigo?

— O que eu acho é que tu tens de parar com isso. Tens de parar de perguntar isso. E tu estás comendo mal outra vez. Eu achei que tu estavas perdendo peso por conta de alguma dieta, mas teus hábitos alimentares são confusos. Tens alguma ideia do motivo?

— Isso é uma consulta? É a Gloria nutricionista ou a amiga que está perguntando? — provoquei.

— As duas. A Gloria amiga mais do que a profissional.

— Eu não sei, eu como quando tenho fome... não tenho sentido muita fome.

— Tu estás comendo na Guida?

— Às vezes.

— Tu mudaste na cama desde que discutimos.

— Você acha? — perguntei. — Eu acho que tenho medo de te machucar de novo — confessei.

— Tu não tens controle sobre isso?

— Tenho, claro... Não sei.

— Como não sabes?

— Você não gosta mais do jeito que é agora?

— Gosto, mas preferia que voltasse ao que era antes.

— Você quer ir embora para o Chile?

Gloria soltou um suspiro cansado.

Eu não era mais a mesma. Desde quando eu não era a mesma? Quem era a mesma que sempre fui? Machuquei a Gloria seriamente, depois virei uma amante moribunda. Estava magra, comia mal na frente de uma nutricionista. Enchia ela de perguntas, me tornei obsessiva, insegura, fraca, fraca, fraca. Que razões a Gloria tinha para continuar ali?

Senti falta do trabalho. De chegar de manhã cedo na agência e sair de madrugada, de não ter tempo de pensar em nenhuma outra coisa. De ter uma parede cheia de prêmios e um peito vazio. De ser menosprezada pelo meu diretor criativo porque aquela dor me dava algo de volta. A dor do desprezo da Gloria não me dava nada. Só tirava. Era questão de tempo para ela me abandonar. Pelo menos depois disso eu poderia ter a minha vida de volta. A vida que eu odiava. E me alimentar de ódio era me alimentar de alguma coisa, pelo menos. Senti vontade de conversar com a Amália, que sempre me ouvia atentamente. Por mais estúpida que ela fosse, eu sentia que, com ela, eu poderia ser cretina, medrosa, falar dos meus fantasmas, sentir ódio, ser selvagem, ser primitiva. Ela parecia me ouvir e entender o que eu falava.

23.

O ANIVERSÁRIO DA SABRINA CHEGOU UMA SEMANA DEPOIS. Nos últimos dias, eu sentia a Gloria me observando, me avaliando, talvez, me sentia acuada que nem bicho com medo. Estava quase sempre dispersa nas tardes com a Guida. Andava lenta, nas pernas e na cabeça. Já não tinha tanto prazer em ensinar inglês à Luana. Não fui sempre à praia nos fins de tarde. E me encontrei com a Amália algumas vezes, atraída pelas perguntas incômodas que ela me fazia – É isso mesmo que você quer? Para onde você acha que está indo? – e também pelo seu ouvido paciente.

Eu me sentia como um cão faminto a quem a Amália alimentava. Ela parecia sentir o que eu sentia. Tinha as palavras certas, terminava as frases que eu começava, era uma mulher tão fodida quanto eu. Depois de cada conversa com ela, jurava para mim mesma nunca mais procurá-la. No dia seguinte, lá estava eu, procurando por ela na rua, na praia, no mercadinho, nos becos, na praça, no mar. Voltei a sentir muitas dores espalhadas e Amália parecia ser a única que entendia, a única droga possível, o único aceno de alívio.

O aniversário foi comemorado com um almoço para os mais chegados. Vieram a Guida e a Luana, o Marvin (ou Marwyn), o Seu Cleiton, da padaria; alguns amigos dos restaurantes, a Marina com o namorado carioca, e mais uns amigos de outras pousadas. Fizemos um churrasco à maneira argentina. Ana preparou as carnes, eu comprei cervejas, refrigerantes e fiz, junto com a Gloria, o que deveria ser um bolo. Discordamos duas ou três vezes em relação ao preparo, às medidas. A paciência da Gloria tinha ido embora junto com a minha vontade de respirar.

Havia pedido à Gloria para trazer um vinho chileno para presentear a Sabrina e a Ana e resolvi entregar a elas neste dia. Comprei uma caixa bonita, coloquei uma fita e escrevi um cartão. Coloquei a caixa em cima da mesa do quarto, esperando a hora de colocar os presentes na mesa da varanda.

Em meio aos preparativos para o almoço, vi a Amália perto dos bangalôs, colhendo umas flores amarelas muito vivas, diferentes de mim. Luana brincava perto dela, cantando uma música em inglês para os passarinhos e abraçava os gatos, como se eles fizessem parte do seu show de música pop.

Fui lá dar um oi a Amália e convidá-la para a festa, caso a Sabrina não o tivesse feito.

— Ei! Tudo bem? — chamei. — As flores estão bem cheias hoje, né? Você vai ficar para o aniversário da Sabrina?

— Oi! Estão sim, lindas. Na verdade, não posso ficar para o aniversário. Tenho um compromisso agora, mas você entrega essas flores junto com seu presente por mim?

— Claro, entrego sim, ela vai adorar. Passa aqui depois do seu compromisso, acho que a festa vai até tarde.

Luana cantava mais alto uma música que eu não conhecia, para uma plateia de passarinhos alinhados num galho, e fingia segurar um microfone enquanto tentava fazer com que uma borboleta pousasse na sua mão. Daria um videoclipe bom, se alguém estivesse filmando.

— Ok, nos vemos então, divirtam-se! — Amália disse, com a habitual simpatia indecifrável. É educação, ironia, sarcasmo, paquera?

— Obrigada, até logo — me despedi reparando que Amália havia cortado o dedo, que sangrava, e agora o limpava com uma toalhinha pequena, dessas de rosto, na cor azul. Pressionando o dedo para fazer parar de sangrar.

Juntei as flores da Amália ao meu presente e levei a caixa para fora, esperando a hora que a Sabrina abriria os pacotes.

Parecia almoço de domingo em família: mesa farta, todos querendo saber os segredos dos temperos da Guida,

Luana se exibindo, Gloria sendo a presença que todos queriam e Sabrina recebendo uma sequência infinita de abraços. Enquanto tocava Perotá Chingó, no Spotify, ela começou a abrir os presentes e a exibi-los para todos.

Havia ganhado um vestido estilo mexicano bonito, bordado, azul com amarelo. Ganhou um livro da Lygia Fagundes Telles, um maiô *tie-dye* que não gostou muito, mas disfarçou. Gloria deu a ela um quadro com o pôr do sol feito de colagens, lindíssimo, que havia comprado da loja de artesanatos. Minha caixa com o vinho estava na parte de trás da mesa e ela se esticou para pegar.

— As flores foi a Amália que mandou, a hóspede que está ali na pousada vizinha — eu disse.

Ela segurou as flores, cheirou, leu o cartão que escrevi. Pôs a mão no coração, comovida com o que leu, e disse:

— Muito obrigada, minha querida. Eu digo o mesmo para ti. Estou feliz demais por estares aqui comigo e ainda teres trazido esta joia — falou, apontando para a Gloria, que retribuiu o sorriso.

Eu fiquei na expectativa do sorriso da Sabrina se abrir ainda mais quando visse o vinho que pedi para trazer especialmente do Chile para ela. Em vez disso, o sorriso dela se desfez, os olhos se abriram mais e ela fez uma cara de quem tentava enxergar melhor o que havia ali.

— Bem... há gosto para tudo... não podemos dizer que não deste o teu sangue por isto — disse, mostrando o presente e rindo.

Sabrina exibiu uma pequena toalhinha de rosto, de cor azul-clara, manchada com gotas de sangue. Gloria olhou para mim com um olhar de absoluta reprovação. E conseguiu o que queria com aquele olhar: sufoquei mais um pouco, um pouco mais.

Parei de enxergar tudo à minha frente, só via vultos de pessoas, não distinguia frases ditas, apenas um zumbido intenso nos meus ouvidos. Sentia minhas pernas moles, como algo derretido se esvaindo, e fazia um esforço desumano para que minha cabeça não se deslocasse do corpo.

— Desculpa, Sabrina, não é este o presente — eu disse, quando me recuperei do choque. — Espera, vou buscar.

— Não se preocupe com isto, pegas depois — ela disse, mantendo o tom de diversão.

— Não, não, vou lá buscar — insisti e saí andando sentindo as pernas em pleno formigamento.

A garrafa de vinho estava na mesinha ao lado da cama. Como isso era possível?

— O que tens na tua cabeça para presentear uma pessoa que te acolhe na casa dela com uma toalha de rosto manchada de sangue, na frente de todo mundo? — ouvi a voz da Gloria perguntar, logo atrás de mim.

— Eu não sei, Gloria. Eu podia jurar que havia colocado o vinho dentro da caixa, mas fui ali fora, conversei com a Amália, ela me entregou as flores e...

— Ah, ok, agora tu não lembras de teres colocado um pano sujo de sangue na caixa do presente, ao invés do vinho? E quem é Amália, por Deus?

Eu quis dizer a verdade.

Que, de fato, não lembrava o que tinha acontecido. Queria dizer, inclusive, que eu achava que a Amália tinha feito aquilo para me deixar mal, porque era isso que ela fazia. Coisas confusas que me deixavam mal. Para me pregar uma peça. Para chamar a minha atenção. Se falasse tudo isso, teria que falar também sobre a Amália, que era uma mulher que eu conheci na pousada e que eu vinha conversando, que uma vez me deixou sem respirar embaixo d'água, que eu achava que ela estava sempre me rondando e tinha nos chamado de pousada das lésbicas, e etc. No entanto, achei que isso iria irritar a Gloria ainda mais.

— Ok, Gloria, eu admito, eu fiz isso achando que seria divertido — menti. — Mas vejo que não teve graça alguma. Vou me desculpar.

— Exatamente. Não foi engraçado — ela disse.

Levei o vinho para fora. Pedi desculpas.

— Não há problema algum, foi uma brincadeira, foi um susto divertido! Muito obrigada pelo vinho, querida, parece bom — Sabrina disse, num tom autêntico.

A voz da Sabrina ainda terminava a última frase quando meu pensamento se foi, e eu tentava explicar para mim mesma como a toalha da Amália havia ido parar ali.

24.

PASSEI O RESTANTE DO DIA APENAS FINGINDO ESTAR NA FESTA. Eu me sentia fraca, despedaçada, um pouco menos gente, estava sem fome diante de uma mesa farta e sortida, dava uma risada falsa quando alguém fazia uma brincadeira ou contava uma piada. Guida saiu para ajudar a Ana a lavar a louça e eu me senti à vontade para ser triste. De alguma forma, queria esconder minhas dores da Guida, desde que ela me contou a própria história. Achava a minha dor ridícula frente à dela. Mesmo que essa agonia corroesse cada microespaço do meu peito, eu achava que não tinha o direito de ser infeliz na frente da mulher que pariu uma filha morta.

Olhei o rosto de cada uma das pessoas que estavam ali e senti que não me conectava com ninguém. Que falavam outras línguas, que eram de outro planeta, extraterrestres, marcianos. Senti meus olhos ardendo intensamente, como se eu fosse chorar uma cachoeira inteira. Estava febril, sentia frio, arrepios. E vomitei.

Gloria correu pra me ajudar. Segurava a minha cabeça, enquanto eu vomitava a minha doença na frente das pessoas. Ela me levou para o quarto, me ajudou a tomar banho, tendo em vista que eu continuava enjoada e mal parava em pé, me deitou na cama às 17h, quando tudo ficou escuro e eu só acordei no dia seguinte.

Meu corpo ainda estava quente de manhã, mas foi bom ver o rosto da Gloria me trazendo suco e um caldo de mandioquinha. Tomei ambos à força, sentindo enjoos.

— Olha — começou Gloria. — Preciso te falar algo e não quero que fiques triste, nem que tire conclusões precipitadas.

Meu corpo feito gelo, de novo, mesmo com febre.

— O Marvin (ou Marwyn) está indo para um lugar aqui perto, chamado Icaraizinho de Amontada. Os donos de um hotel de lá o chamaram para dar instruções de *kitesurf* para os hóspedes. Ele vai ficar três dias, mas eu quero ficar por lá esta semana. Acho que tu precisas ficar um pouco sozinha. Comentei com a Sabrina e a Ana, elas acharam a ideia boa. O que tu achas?

Era isso. Ela ia me largar, como eu bem previa. Em poucas horas, ela tinha a vida toda arranjada sem mim e ainda com o apoio das amigas, que eram minhas, não dela. Gloria tinha atravessado o mundo para fingir que me amava, para roubar meus dias e minhas amigas, para me contar a maior das mentiras, a de que eu poderia ser feliz com alguém.

— É só essa semana? Você vai voltar semana que vem? — fingi alguma normalidade enquanto meu coração se dividia em micropartículas cortadas a canivete.

— Podemos decidir isso na semana que vem, em vez de hoje? Cuida de ti e no fim da semana conversamos, pode ser?

— Pode, Gloria. Você está indo agora?

— Depois do almoço. Coloquei umas receitas de alimentos que acho que podem te fazer bem esses dias. Vitaminas, etc. Está na porta da geladeira. Não esquece de olhar, tá?

— Ok.

Ela me deu um beijo demorado na testa, segurou minha mão, olhou no meu olho como quem se despede de vez, como quem diz fica aí na tua miséria que eu tô fora. E foi embora.

Voltei a dormir e quando acordei, depois do horário do almoço, sentia que havia lutado com um lobo. A parte da Gloria no armário de roupas estava vazia. No mesmo lugar, ela havia deixado uma foto que tiramos na praia, fazendo careta, com a língua de fora. Uma foto pequena, dessas feitas em máquinas instantâneas, tipo Polaroid. Eu achei que estávamos bem lindas na foto. Felizes. Pena que era irreal.

Lembrei da Amália, aquela vaca, filha de uma puta desalmada, que tinha feito aquilo comigo. Que foi sempre inconveniente, sem motivo algum, que me odiava, sem que eu soubesse por quê. Levantei da cama, com febre, e fui à pousada vizinha, procurar por Amália. Se ela tivesse ido embora, o que eu torcia para ter acontecido, pelo menos me dariam o seu telefone ou e-mail e eu poderia dizer tudo que penso da forma como ela merecia. Serzinho infame, infantil, me rondando, agourando meu relacionamento, minha vida, me assustando, sendo evasiva e invasiva, fingindo atenção, quando eu abria meu coração, deplorável, eu pensava, enquanto caminhava.

Na entrada da pousada ao lado, uma moça nova, talvez com menos de 18 anos ainda, estava na mesa com o computador.

— Olá, boa tarde! Você é que está responsável pela recepção agora? — perguntei, fazendo um esforço para ser educada.

— Sim, a recepcionista está no horário de almoço.

— Sabe se a Amália tá aí?

— A senhora sabe qual o quarto dela?

— Não.

— Deixa eu ver aqui — ela começou a digitar, displicente.

— É Amália mesmo, o nome? Não é Amanda?

— Não, é Amália mesmo. Ela é morena, olhos castanhos, mais ou menos da minha altura, deve ter uns 30 anos, não sei... Ela está, ou esteve hospedada aqui pelas últimas semanas... Pelo menos nas três últimas semanas, acho... Eu a vi ontem pela última vez, então, não sei se ela ainda está aqui ou se já foi embora.

— Não tem Amália no registro.

— Ela deve ter se hospedado com outra pessoa, então?

— Nós pedimos os documentos de todos os hóspedes, todo mundo hospedado aqui está no sistema.

— Você está aqui todos os dias? — perguntei, com o queixo tremendo. De frio e de pavor.

— Sim, todo dia, na hora do almoço.

— E você não lembra de nenhuma hóspede assim, com as características que falei?

— Olha, não lembro não, senhora... Tem uma Amanda aqui, mas ela é novinha, deve ter a minha idade... Veio com uma turma grande de jovens.

— Você pode ligar para a outra recepcionista e perguntar? — Meu estômago ardia, uma fogueira. — Desculpa, eu estou com a Sabrina e a Ana aqui na pousada ao lado e preciso muito saber — disse e senti o meu corpo amolecer.

Ela ligou, já meio impaciente. Parecia ter o trabalho mais fácil do mundo, passar três horas na recepção de uma pousada, durante o almoço, quando todos os hóspedes estavam fora e ela podia usar Facebook e Instagram à vontade. E eu, ali, enchendo o saco. *Sinto muito, mas preciso saber*, pensei.

— Alô? Joana, oi. Tem uma moça aqui, uma que tá na pousada da Sabrina e da Ana, perguntando por uma mulher chamada Amália, que se hospedou aqui faz duas, três, não sei, algumas semanas... — Ela falava ao telefone com uma pessoa que eu não ouvia. — Você se lembra de alguma hóspede com esse nome? Morena, deve ter uns 30 anos... Hum... Sei, sei... Tá... Tá bom. Beijo, tchau.

Ela desligou e voltou a falar comigo:

— Ninguém com esse nome se hospedou aqui, senhora. Na verdade, não tivemos nenhum hóspede que ficou aqui por mais de sete dias. Só tivemos reservas de uma semana ou menos.

— Ok, obrigada, desculpa incomodar.

25.

MEU CORPO TREMIA, EM CADA EXTREMIDADE. EU SENTIA minha pressão baixando, minha cabeça espremida, como se meu crânio fosse a única coisa que impedia duas paredes de implodirem uma contra a outra. Os meus olhos fechavam devagar, eu tinha dificuldade em engolir minha saliva. Toquei a parte de trás do meu pescoço e minha mão saiu molhada. Eu fazia um esforço maior do que eu achava que iria suportar para andar na areia. Um pé, depois o outro, como se a areia fosse uma bigorna presa a mim. O calor. Parecia que o Sol estava a dois metros da minha cabeça. Uma voz insistente no meu ouvido, sussurrando: acabou, acabou, acabou. Passei direto da pousada e fiz o caminho da casa da Guida, um percurso curto, mas que pareceu de quilômetros.

Era esse o meu destino, a infelicidade? Tirar dois meses de férias e voltar para o mesmo emprego que eu odiava porque não encontrava forças para mudar? Gloria havia ido embora porque não tem nada em mim que possa ser amado? A desgraçada da Amália, quem é? O que é? O que Inácio quis me dizer? O que tem de sagrado ou de maldito num mergulho? Eu vou passar a vida inteira sendo feliz a conta-gotas e infeliz o resto do tempo? Até quando esses fantasmas e demônios vão me fazer companhia?

Quando cheguei à casa da Guida, meu corpo ardia e eu me sentia mergulhada num caldeirão de água quente. Luana abriu o portão para mim e, quando me abraçou, gritou:

— Vó, corre aqui, ela está muito quente!

Guida veio correndo, atordoada.

— Guida, eu estou morrendo, eu estou doente, Guida, muito doente, doente aqui na alma... Parece que a minha alma quer sair daqui, a minha alma não aguenta mais ficar nesse corpo, Guida. Eu vou morrer.

— Não, filha... Entra, anda aqui. Não fala nada, vem aqui — Guida repetia, com pressa e mansidão na mesma confusa medida.

Guida me guiou até a cama, na parte iluminada do quarto, enquanto pegava um pano no armário. Me deitou perto da janela, que já estava aberta. Tirou meu vestido, prendeu meus cabelos no alto da cabeça. Foi fazer um chá para mim, enquanto Luana ajudava e passava o pano molhado com água fria na minha testa, nos meus braços, no meu colo, nos ossos da minha costela. Quando eu vi os dois olhos dela, outrora pequenos, mas agora tão grandes e assustados, chorei. De fraqueza e de tristeza, tantas camadas de dores se amontoando ali.

Revivi, naquele momento – com aquela menina assustada, pacientemente cuidando de mim, como se minha vida dependesse dela – os medos que eu tinha quando eu era a Luana da vez.

Medo de que a minha mãe não voltasse do trabalho, no fim do dia. Ou que adoecesse e morresse e me deixasse sozinha no mundo. O medo era tanto, que eu esperava por ela no portão e meu coração pulava quando eu via a sua imagem, ainda pequena, dobrando a esquina e, aos poucos, tomando forma naquela rua escura. Minha mãe era tudo que eu tinha e eu sabia disso. O medo do abandono.

Lembrei de uma vez, quando eu tinha oito anos, que minha mãe chegou cansada do trabalho e discutiu com alguém ao telefone. Parecia chateada, quebrou uma garrafa de vidro e foi chorar no jardim, no escuro. Eu nunca vi alguém tão sozinha. Ela chorava alto, sentada num banco qualquer, enquanto eu chorava baixinho atrás da porta, vendo a cena. Tive certeza que ela iria embora naquela noite. Que iria sumir e nunca mais voltar. Não consegui dormir a noite inteira, atenta ao barulho na porta, aterrorizada com a ideia de que minha mãe saísse de casa sem sequer se despedir de mim. Ela não foi embora, jamais foi embora, sempre voltou. Às vezes, cansada e triste, noutras cansada e sorridente, mas sempre ali. Ainda assim, passei a dormir com ela no quarto para que eu não fosse pega de surpresa caso ela partisse.

Medo. Medo. Exatamente como a Luana sentia, embora nunca tenha me falado. Eu sabia que Luana tinha medo de ser abandonada de novo. Ela não precisava me dizer para que eu soubesse.

Medo de não ser suficiente. De, sozinha, não dar conta da responsabilidade de fazer uma mãe feliz, quando o mundo era tão ruim para ela. Pequena, eu já achava o mundo ruim para a minha mãe. E eu não sabia se aquele chocolate que eu escondia na gaveta dela ia dar conta de fazê-la feliz, depois de mais um dia de cão, num mundo que finge idolatrar as mães nas campanhas publicitárias. Não é justo que, tendo vivido tão pouco, um ser humano assim pequeno já entenda o abandono e a violência. Especialmente, nós, meninas. Especialmente, nós, mulheres.

— Luana, olha pra mim. Olha aqui pra mim — pedi e aquelas duas bolas gigantes, nadando em água, me fitando. — Não é culpa sua. Você precisa entender. Se as pessoas forem más com você. Se as pessoas lhe cobrarem demais. Se lhe fizerem se sentir um lixo. Se um dia ninguém voltar, não é culpa sua.

Eu continuei a falar tudo que sentia, sem me preocupar com ritmo, com lógica, sem pensar se Luana sequer entenderia.

— Não é culpa sua quando tocarem no seu corpo sem a sua permissão, quando acharem que o seu corpo, que é sua propriedade inviolável, está a serviço de alguém. Quando forem violentos com você. Não é culpa sua. Assim como não foi culpa minha. Você não precisa se punir, entende? Quando as pessoas lhe derem as costas, quando lhe fizerem acreditar que você não é boa o suficiente, ou que há pessoas muito melhores do que você no mundo... quando houver lugares vazios ao seu lado e lhe disserem que o problema é com você. Não é culpa sua. Você entende? Entende isso? Responde!

Ela assentiu, sem dar nenhuma palavra. O rosto todo molhado. As mãos na minha testa, o pano úmido e frio no meu peito. A Guida na porta, com o copo de chá, chorando com os olhos e com o peito.

— Luana — continuei. — Você é perfeita. Não falta absolutamente nada em você. Nada. Nada. Nada. Nada. Você é generosa, inteligente, ótima filha, neta e amiga. Sua avó venera você e eu sei, eu não conheço a sua mãe, mas eu sei, que ela chora todas as noites de saudades de você, do mesmo jeito que você chora de saudades dela. Sua mãe chora também porque ela sabe que é incapaz de te poupar do que ela mesma passou. O mundo é muito cruel com as mulheres, Luana. Mulheres são cruéis com mulheres. Homens são cruéis com mulheres. Somos más conosco mesmas. E a gente adoece.

As palavras saíam da minha boca com muita dificuldade. Luana chorava um choro contido, de criança que já cresceu, quando pediu para eu afastar o corpo um pouco, o que fiz com esforço, e ela deitou do meu lado. Aquele corpo pequenino e magro se refugiando num espaço estreito entre mim e o fim do colchão.

Guida se sentou na beira da cama. Enxugou as lágrimas. Molhou o pano na água fria e recolocou na minha cabeça. Passou o pano lentamente pelos meus braços, depois pelo meu peito. Meu corpo tremia de novo.

— Agora, olha pra mim, você — ela me disse. — Olha bem aqui, porque agora sou eu que te digo tuas palavras. Também não é culpa sua. Você precisa entender. Como também não foi minha. Você não precisa se punir porque as pessoas lhe viraram as costas, lhe abusaram, quando lhe disseram que você não é boa o suficiente. Quando seus sonhos morrerem. Quando todo o resto se for. Você entende? Não falta absolutamente nada em você. Nada. Você é generosa, boa filha, uma ótima amiga. Eu não conheço a sua mãe, mas eu sei que ela, ainda hoje, chora por tudo de que não conseguiu lhe poupar, por ter colocado em você o peso da felicidade dela. O mundo é muito cruel com as mulheres, e é pior para as mães.

— Guida, você precisa parar de se punir, você precisa parar, você tem que parar — eu completei, não sei se dizendo para Guida ou para mim mesma.

— Eu sei, filha. Você me disse naquele dia e eu aceitei. Agora é a sua vez de aceitar.

Éramos três mulheres em tempos diferentes, chorando num quarto pequeno, exatamente pelos mesmos motivos.

26.

NO DIA SEGUINTE, A FEBRE PERSISTIA, MEU CORPO DOÍA E EU dormia longas horas, a maior parte do tempo. De vez em quando, levantava para tomar banho por conta do calor. E voltava a dormir. De manhã, bem cedo, Guida vinha ao quarto, trazia chá. De tarde, trouxe sopa e disse apenas:

— Descansa. Dorme o quanto precisar. Luana foi lá avisar à Sabrina e à Ana que você está aqui. Também trouxe roupas limpas.

Eu não tinha forças para reagir. Bebia o chá, tomava a sopa. Voltava a dormir.

No terceiro dia, a febre baixou.

Eu ainda não sentia as forças chegando, mas sabia que ia melhorar dentro de algum tempo. Guida me acordou às 5h da manhã, antes da Luana levantar para a escola, com o dia ainda escuro, e me levou na estufa pela primeira vez.

Me sentou numa cadeira ali, no meio das plantas. Trouxe uma caneca de chá quase do tamanho da minha cabeça, com um gosto forte, entre o ácido e o amargo. Sentou na minha frente, com uma expressão serena. Passava a mão no meu rosto e tinha os olhos bondosos.

— Pelos próximos cinco dias, eu quero que você levante às 5h da manhã e venha pra cá. Que sente nesta cadeira, que sinta a vida de tudo o que está nascendo neste espaço, ao seu redor e dentro de você. Beba este chá até o fim, mesmo se esfriar. E quero que você repita essa prece, quantas vezes achar necessário.

"Eu quero ser livre para viver. Eu quero ter paz com o que me trouxe até aqui. Eu quero me libertar dos fantasmas que me fizeram companhia até hoje. Quero seguir a minha própria estrada, em frente, apesar do mal que me fizeram e do mal que eu causei. Eu encaro aqui os meus traumas, encaro aqui as minhas dores, deixo aqui as minhas culpas para viver a minha história. Eu quero tomar parte da minha felicidade. Eu sou inteira para o que eu posso ser. Eu mereço as alegrias que a vida me trouxer e que eu construir. E eu estou no meu caminho para tudo isso."

— Eu vou anotar pra você não esquecer. O seu corpo já está se recuperando, você é muito forte. Mesmo comendo só um pouquinho, seu corpo reage. A gente tem que cuidar é disso aqui agora — ela passou a mão pela minha cabeça e deu um beijo. — Busque o amor aqui dentro. Aquele amor que você me deu quando eu chorei tudo que tinha nos seus braços. Sinta isso, filha. O amor é uma força muito poderosa.

Obedeci. Pelos cinco dias seguintes, passei a levantar às 5h da manhã, o dia escuro, ia para a estufa da Guida, me sentava num banquinho, fechava os olhos, sentia os cheiros das ervas, das flores, das pimentas, conseguia distinguir a pimenta-de-cheiro, a hortelã, sabia que tinha um pé de limão em algum lugar. Também sentia cheiro de flor.

E começava o mantra que a Guida tinha me passado. Enquanto eu ia repetindo as palavras em voz baixa, para mim mesma, lembrava dos outros medos, dos outros traumas. Das traições alheias, das vezes em que fui eu que traí. De quem dizia que me amava e estaria ali para tudo, mas foi embora logo em seguida, como se eu fosse um brinquedo que perdeu a graça ou a utilidade. Das vezes em que quem partiu fui eu.

Lembrava dos homens que já tinham passado pela minha vida, da violência emocional e física, do livre acesso ao meu corpo, dos abusos. Da vergonha. Do assédio no trabalho. Das tentativas de me fazerem parecer insuficiente, quando não era verdade. Do boicote. Do Clube do Bolinha. De como eu tive que brigar tanto e sempre por tudo que eu queria. E eu nem queria coisas demais. Até que eu parei de querer. Até que me convenceram de tanta coisa.

Lembrei de como comecei, eu mesma, a me boicotar, inconscientemente. Anular qualquer chance de ser feliz por não me achar merecedora. Lembrei de como qualquer sentimento de felicidade era o prenúncio de uma desgraça. E o medo era tão grande que eu me antecipava e me destruía. Do quanto eu aceitei a violência sem reagir.

E repetia, agora às 5h da manhã e às 5h da tarde. Duas vezes ao dia.

> *"Eu quero ser livre para viver. Eu quero ter paz com o que me trouxe até aqui. Eu quero me libertar dos fantasmas que me fizeram companhia até hoje. Quero seguir a minha própria estrada, em frente, apesar do mal que me fizeram e do mal que eu causei. Eu encaro aqui os meus traumas, encaro aqui as minhas dores, deixo aqui as minhas culpas para viver a minha história. Eu quero tomar parte da minha felicidade. Eu sou inteira para o que eu posso ser. Eu mereço as alegrias que a vida me trouxer e que eu construir. E eu estou no meu caminho para tudo isso."*

Depois das repetições, eu respirava como quem estava reaprendendo. Forte, devagar e profundo. Inspirando e expirando, oxigenando. Mentalizando, sentindo a vida, retribuindo. De vez em quando, chorava porque doía tudo, corpo, alma e cabeça. Porque anos de negligência em autocuidado tinham me conduzido à beira do abismo. Porque olhei para aquele buraco negro por tanto tempo que ele me olhou de volta e quase, quase me engoliu, como previu Nietzsche.

Lembrei da Gloria. Aquele ser gigante que atravessou meio mundo para me mostrar que é possível. Que o amor é possível, que pode ser manso e fácil. Que o amor não é aquilo que me disseram. Será que ela ainda me veria do mesmo jeito? Sobrou alguma coisa? Ainda chorava lembrando dos dias desperdiçados. Entretanto, ali estava eu, viva e querendo seguir, me agarrando a todos os destroços que eu encontrava por medo de afundar. Nadando a braçadas desesperadas para chegar a algum lugar de descanso. Sacudindo meu corpo para que esses bichos parassem de dançar ao redor de mim, como na música da Florence and The Machine – que eu cantava sempre e só agora fazia sentido:

"And it's hard to dance with a devil on your back
And given half the chance
Would I take any of it back?
It's a fine romance, but it's left me so undone
It's always darkest before the dawn
And I'm damned if I do
And I'm damned if I don't
So here's to drinks in the dark
At the end of my road
And I'm ready to suffer
And I'm ready to hope
It's a shot in the dark aimed right at my throat
'Cause looking for heaven, found the devil in me
Looking for heaven, found the devil in me
And it's hard to dance with a devil on your back
So shake him off
Shake it out, shake it out".

27.

DURANTE AQUELES DIAS, TAMBÉM VOLTEI A COMER DEVAGAR. Primeiro purês de macaxeira, depois arroz, depois legumes. Luana voltou a me fazer companhia nas tardes porque, quando chegava, eu não estava mais dormindo. Ela voltava da aula e vinha para a cama. Me fazia carinho, me mostrava vídeos no YouTube, contava da escola. Luana me dava pulso, era um sopro nas minhas narinas, enquanto Guida era a mão que não me deixava cair.

Certo dia, pelo Google, mostrei uns livros da Márcia Kupstas para a Luana. Contei sobre como aquela escritora tinha sido uma influência no meu gosto pelos livros, como comecei a ler as histórias que ela escrevia mais ou menos aos 11 anos, a idade da Luana. Contei que li *Eu te gosto, você me gosta*, *Histórias da turma* e *Revolução em mim* tantas vezes que eu já sabia os textos de muitos trechos decorados. Luana se animou tanto para ler que eu prometi encomendar os livros para ela, de presente. Também nos aventuramos a mandar uma mensagem para a Márcia Kupstas no Facebook, dizendo que estávamos falando dela, sonhando que um dia ela responderia. Ela respondeu no mesmo dia, carinhosa, gentil com a nossa história. Luana então achou que os escritores não são seres assim tão distantes, são gente como nós, checam o Facebook. Se os escritores não eram de outro mundo, talvez a Taylor Swift também não. Quem sabe nem a Beyoncé. Calma, Luana, eu disse, entendendo ali o sentimento de Guida sobre os arroubos da neta.

Aproveitei para mostrar para ela algumas músicas do Raul Seixas, do Tim Maia e da Gal Costa. Eu disse que ouvia muito os discos dos três quando era criança e as pessoas me achavam estranha, mas que ninguém deve achar estranha uma criança que goste de poesia e de música. Ela também passou a ouvir minha playlist no Spotify, depois dos deveres de casa.

Enquanto Luana fazia a lição da escola, sentei para escrever o primeiro passo desse renascimento: a minha carta de demissão. Analisei as minhas economias e vi que tinha dinheiro para viver, com algum conforto, por um tempo. Era um dinheiro que, inicialmente, eu havia pensado em investir, talvez num apartamento, quem sabe numa temporada estudando em Londres ou em Nova York. Mas pensei: que investimento seria melhor do que eu mesma? Que projeto é maior do que ser feliz um pouco que seja?

Falei para a Guida que iria imprimir o livro de fórmulas, temperos e segredos dela. Pedi a ajuda de uma amiga, designer, a Camilla, que diagramaria o livro e outra amiga artista, Carolina, que faria a capa. E eu entregaria o livro a Guida, com capa, edição e tudo. Se ela resolvesse, no futuro, imprimir mais cópias, poderia falar comigo. Por enquanto, seria uma edição de um exemplar só, para que Guida compartilhasse seus segredos com a pessoa que escolhesse. No singular.

Mandei um e-mail para a Denise, minha terapeuta, e disse que precisava de mais sessões daqui para a frente. Contei que havia ido parar no buraco e queria encará-lo. E que teríamos que trabalhar, juntas, a origem de outra questão que tinha surgido: Amália.

Por fim, escrevi uma carta para a Gloria, que mandei por WhatsApp. Não havíamos nos falado nenhum dia desde que ela foi para Amontada. E prometemos decidir sobre a volta dela quando a semana acabasse. Gloria não sabia de nada que tinha acontecido e eu não entrei em detalhes, mas despejei meu coração.

Minha querida Gloria,

Volta?

Atravessei um deserto nestes últimos dias. Meu corpo não aguentou, minha cabeça ainda dói, ainda sinto sede, mas estou do outro lado. Cheguei. Ainda não sei o que fazer daqui pra frente, desconheço este lugar em que me encontro agora, mas estou descobrindo.

Quero descobrir. Preciso descobrir.

Sinto sua falta, imensamente, e posso ver sua ausência em todos os espaços. Em mim, sobretudo.

No entanto, se não quiser voltar, minha querida Gloria, se acha que deve seguir daí, vai. Eu te liberto porque foi exatamente o que você fez comigo. Vai e não sinta culpa, nem olhe para trás.

Eu te amo, Gloria. Eu só não sabia como sentir.

Estive na Guida nesta última semana, mas amanhã volto para a pousada. Caso decida voltar, estarei à tua espera. Com o peito mais aberto que o mar de Jeri – como quase diz a canção.

Um beijo. Ou quantos quiseres.

P.S.: Pedi demissão do trabalho. Estou livre. Livre. Livre.

Juntei meus trapos, dei um abraço apertado na Guida, outro na Luana.

— Tô indo, Guida. Não tenho como agradecer — eu disse, segurando as mãos delas duas.

— Nem nós, acredite — Guida respondeu, me fitando com aquela fonte farta de bondade que eram os seus olhos, enquanto Luana permanecia agarrada à minha cintura, numa cena que era a própria imagem do amor que eu sempre busquei.

28.

DE VOLTA À POUSADA, SABRINA E ANA ME RECEBERAM COM festa, disseram que sentiram a minha falta. Enquanto as abraçava, eu comecei a me explicar e elas me interromperam:

— Shiii! Não. Não tens de explicar nada. Nunca. Às vezes, é difícil mesmo. Só isso. Às vezes a vida é difícil.

Contei que havia pedido demissão, que estava livre, eu repetia isso, essa palavra, livre, como uma alforria mesmo. A verdadeira. Não a alforria *fake* que conhecemos.

— Então, ficas o tempo que precisares — Ana disse. — Eu e Sabrina estamos planejando ir a Buenos Aires daqui a alguns meses, visitar a família etc., podes tomar conta da pousada enquanto estivermos fora. Se aceitares, está feito. Confiamos em ti.

— Claro que aceito! Que ótimo! Mas, por ora, não posso ficar. Preciso pegar meu carro, voltar a Fortaleza, resolver pepinos, talvez me mudar para um apartamento menor, não sei ainda. Preciso ver. Mas vamos falando e contem comigo para isso, sim. Com o maior prazer.

— Está feito! Vamos sair juntas de férias, Ana!! Nem acredito! — disse Sabrina com o habitual entusiasmo.

No fim de tarde, voltei ao mar, mergulhei, nadei. O reencontro com o mar de Jeri, aquele que, mais do que nunca, virou meu oceano. Onde eu nadava com a vida que ainda não tinha, mas que queria tanto para mim.

Tivemos peixe grelhado com batatas assadas no jantar. Tomamos vinho branco gelado, demos risadas de coisas simples, como o jeito que o cachorro dormia esparramado no sofá. Conversamos sobre os nossos sonhos. Sabrina e Ana queriam comprar uma casa de madeira numa praia afastada, numa cidade pequena do Uruguai. Eu queria que minha coragem de confiar em mim mesma se tornasse constante. Era uma noite clara, com Lua grande e um monte de estrelas.

De vez em quando, a felicidade ainda me assustava, eu tinha o instinto de recuar. Mas eu respirava, repetia trechos do mantra da Guida. E seguia. E seguia. Voltava à conversa com a Sabrina e a Ana, fazia piadas. Essa coisa de ser feliz ia ter que se acostumar comigo.

Antes de dormir, já deitada, senti a cama maior do que de costume. Olhei mais uma vez para a foto minha e da Gloria, que eu havia colocado em cima da mesinha de cabeceira. Conferi o celular. Nenhuma palavra dela. Ela já havia lido, mas não respondeu. Senti a pontada no peito pelo silêncio dela, pelos sinais azuis num WhatsApp mudo. Mas não senti raiva, nem mágoa, nem rancor. Libertei a Gloria, era o que precisava ser feito.

"Deus sabe a minha confissão.
Não há o que perdoar,
Por isso mesmo é que há
De haver mais compaixão

Quem poderá fazer aquele amor morrer,
Se o amor é como um grão
Morre e nasce trigo
Vive e morre pão"

Dormi com a oração que Gilberto Gil compôs em "Drão" tocando baixinho no meu telefone.

29.

NA MANHÃ SEGUINTE, ACORDEI COM O BARULHO DA PORTA DA picape abrindo e fechando e a luz do dia entrando, ainda quieta, pela janela, através da cortina. A voz do Inácio do lado de fora da pousada. Também reconheci aquele português falado com perfeição e o melhor sotaque espanhol de que se tem notícia nas Américas. Abri a janela, com o coração pra fora, anexado ao corpo. Ali estava a Gloria, com a mochila nas costas e mais bonita do que eu lembrava. Carregava o Sol inteiro no rosto.

— *Buenos días*, minha brasileirita querida!

Eu pulei a janela e abracei-a o mais forte que pude.

— Ai, Gloria, você voltou!

— Para onde achas que eu iria?

Continuávamos ali, abraçadas, grudadas, sem nos soltar, respirando no mesmo compasso, por alguns minutos.

— Anda aqui, precisamos conversar um pouco.

Ela me puxou pelas mãos, até uma das cadeiras perto da piscina, largou as mochilas na varanda. Fazia um dia azul, quente como de costume, mas sem incomodar. Nos sentamos nas cadeiras, de frente uma para a outra.

Gloria usava short jeans e uma camiseta branca com um desenho pequeno de jangada e uma bandeirinha do Brasil. Parecia artesanal e bastante bem-feito. Como era bonita aquela pessoa, eu me impressionava ainda mais com o rosto dela assim tão de perto. Gloria encostou os lábios nos meus, num beijo-toque.

— Senti tantas saudades tuas. Mas escuta, me deixa falar tudo até o fim para eu não esquecer nada, ok?

— Ok. — Fiz um sinal que iria ficar calada.

— Eu voltei, estou aqui. Fiz o que meu coração mandou. Eu sei que estás mal, que tens questões para resolver na tua cabeça e no teu interior. Eu mesma percebi isso, não sou cega, mas neguei o que vi porque o que sinto por ti é imenso. Entretanto, não posso continuar negando. E nem posso querer ser a tua cura. Entendes isso? Não posso deixar que te ancores em mim para fazer essa busca. Esse caminho é teu, e vais ter de fazer isso por tua conta. Não acho que estás pronta para um relacionamento, se não contigo mesma, por enquanto. Eu te quero pra mim? Sim, não nego. Mas te quero maior do que minha. Enquanto isso, vou segurar tua mão e bailo contigo, porque te amo. E, se nos amamos, não faz diferença se és minha namorada ou não.

— Gloria, não há ninguém como tu.

— Nem como tu, meu amor. É preciso uma coragem *mui* grande para fazer isto que tu estás fazendo. Encarar as tuas sombras e enfrentá-las.

— Obrigada, Gloria — eu dizia enquanto abraçava a mulher que me ensinou tudo sobre essa coisa terna que é querer de fato estar com alguém.

Passaram-se mais dias do que noites até que, num fim de tarde cor de pêssego, eu seguia para Fortaleza, dirigindo meu carro, com a Gloria no banco ao meu lado. Fazíamos planos para que eu fosse vê-la no Chile e ela já via datas no calendário para estar em Jeri, quando eu assumisse a pousada durante as férias da Sabrina e da Ana.

Quando passamos por Acaraú, ela perguntou se aquela era a cidade em que a Luana iria morar, daqui a uns anos. Confirmei que sim. Gloria ligou para o celular novo da Luana só para dizer que estávamos passando por ali e a menina nos atendeu em chamada de vídeo, animadona, falando em inglês, espanhol e sabe mais quantas línguas ela iria aprender até a próxima vez em que nos encontrássemos. Pôs a Guida na câmera, que nos mandou muitos beijinhos e repetiu uma oração pela décima vez, para que Deus nos protegesse na estrada. Luana voltou a câmera para si.

— *Mira*, Gloria, aprendi a cantar essa música no YouTube! Vamos cantar juntas! Se não souber a letra, vê no Google!

Do outro lado, dava pra ouvir "Medo da chuva", do Raul Seixas, tocando no computador velho da Luana. Gloria arregalou os olhos e disse, enquanto olhava para mim, sorrindo:

— Não posso acreditar que essa menina está ouvindo umas músicas destas!

— Ah! Minha querida... fica de olho nessa daí... tu não perde por esperar.

Um trecho de estrada adiante, já estávamos nós três cantando juntas, a plenos pulmões, com o carro a 80 quilômetros por hora. Luana aos berros, a voz fina e despreocupada. Gloria tentando acertar a letra, me olhando com o olhar de quem tem certezas. Eu acompanhando as duas, com o coração cantando mais alto que a boca.

"Eu perdi o meu medo
Meu medo, meu medo da chuva
Pois a chuva voltando pra terra
Traz coisas do ar
Aprendi o segredo
O segredo, o segredo da vida
Vendo as pedras que choram sozinhas
No mesmo lugar"

Eu perdi o meu medo da chuva.

Afundamento

O MERGULHO COMO PLACENTA DE ONDE SE RENASCE. PARAR de respirar, morrer por segundos, voltar. O mergulho como mistério, estar imersa, deixar de ser vista, mas continuar existindo. O mergulho como integração, para ser parte água, como ordem da natureza que a tudo rege, que tudo dita. Como irrigação, que combate a secura, a aridez. Como movimento, estrada, caminho. O mergulho como sombra que envolve e persegue.

O mergulho como crepúsculo, como o mistério, o que não se explica, para ver o mundo que só existe naufragado. E há um mundo que só existe naufragado.

O banho como abismo, como correnteza, violência, que cai para desaguar e se juntar ao grande. O mergulho como execução do que já não serve.

O mergulho como passagem, entrar pequena, sair generosa.

O afundamento como reinício.

A história por trás da história

Costumo dizer que quem publicou a primeira versão deste livro foi quem leu. Leitores e leitoras, num plural que chegou a dezenas de milhares, foram o meu primeiro selo e eu não poderia pensar numa honra maior. Ainda mais considerando que esta história nasceu sem pretensão de ganhar as prateleiras, de estar exposta num site de venda, de figurar na lista de mais vendidos de livrarias legais, como aconteceu mais vezes do que jamais imaginei. No começo, era apenas eu, inexperiente, isolada, vendo o mercado literário com admiração e distanciamento. Nada daquilo era pra mim, tudo parecia tão difícil, tão desconhecido, tão fechado, tão paralisante.

O primeiro esboço desta novela surgiu em 2019, numa ideia de livro de contos que eu havia tido. Mais um dos tantos que comecei e nunca terminei. Mais um dos que eu sabia que nunca seria publicado. Em 2020, com a covid-19 arrasando o planeta e nos trancando em casa, resolvi terminar o que havia começado no ano anterior. Mais como um desafio do que como um projeto. Fui conhecendo a protagonista, me apegando à Gloria, me afeiçoando a Guida, desenhando a Luana, sonhando com Jericoacoara. Passeando pelas feridas e alegrias. Dias e dias com Chico César tocando no Spotify e eu dormindo e acordando com as personagens que agora você conhece.

Terminei.

Mostrei para um amigo, Alex, que me ordenou ir em frente. Mostrei a Raquel, que virou minha primeira editora, aprendendo junto comigo. Achei que ia dar certo para o que eu esperava: imprimir duzentas cópias e tentar vendê-las ao longo de um ano para amigos, amigas e família. Pelo menos eles comprariam, não era possível que não comprassem, eu pensava. Eu e Raquel trabalhamos nos ajustes, resolvemos manter o tom de conversa, daquela história contada noite adentro no sofá da sala. Chamei Carolina para fazer a capa-sonho e ela, artista que não dá viagem perdida, pintou uma tela especialmente para este projeto. Carolina atravessava um longo e invernoso puerpério depois de ter parido a primeira filha, Olivia. O traço de Carolina, a sua devoção pela beleza, resultou na capa que virou uma marca da primeira edição e para a qual eu não tenho, até hoje, como agradecer propriamente.

Depois chegaram as artistas, ilustradoras, profissionais ou amadoras, que toparam me ajudar a contar essa história. Na sequência, Camilla diagramou, Juliana revisou. O Google me ajudou a entender o que era ISBN e como eu faria para ter um. O site de busca também me deu uma mãozinha para achar gráficas, pesquisar papéis, fazer orçamentos (em que coubesse o pouco dinheiro que eu tinha para imprimir os parcos duzentos exemplares; logo, a orelha – do livro – foi a primeira a ser cortada para fins de economia).

Acontece que, numa pré-venda que Arashida me convenceu a fazer, e contra a qual eu relutei muito, pois achava – ingenuamente – que pré-venda era coisa de escritora renomada e que, se eu fosse por esse caminho, iam me achar pedante e presunçosa, nessa pré-venda que fiz cheia de medo de vender nada, vendi trezentos livros de forma artesanal, usando e-mail e transferência bancária, nem uma lojinha on-line eu fiz porque achei que seria muito trabalho para vender tão pouco. Eu realmente não sabia aonde este livro me levaria.

O que aconteceu depois, alguns já sabem. Os exemplares da pré-venda começaram a sair para as casas alheias, carregados aos Correios pelos braços fortes de crossfit da Rafaela, sem a qual digo, com toda tranquilidade, este livro não teria feito metade do percurso que fez. Rafaela era - é - eu em Fortaleza. Sim, porque se você não sabe, eu moro em Londres.. isso... na Inglaterra. Fui gerenciando essa trabalheira daqui, de longe. Rafa lá, eu aqui, muitas milhas, um oceano e um fuso horário diferente no meio. Uma amiga cedeu a loja de roupas para ser ponto de venda, outra cedeu restaurante, outra cedeu o café e assim os pontos de venda foram aparecendo devagar e não dependeríamos só dos Correios.

Quando o impresso começou a chegar às mãos de quem comprou, as redes sociais ajudaram no burburinho. Foram muitos posts no Stories do Instagram, no feed, nos clubes de livro, em lives, mais gente querendo, mais posts, mais gente pedindo, mais lives, mais gente comprando, mais clubes. E eu imprimindo aos poucos, com o dinheiro que entrava, porque não podia me dar ao luxo de arriscar investir em uma tiragem grande e ficar com livro encalhado. Eu sempre achava que a onda iria passar. Mas vinha outra onda. E outra. Uma delas de nome *Bom Dia, Obvious*. O convite da Marcela Ceribelli me pegou desprevenida. A mim e ao meu estoque. Precisei imprimir uma tiragem maior e, agora, precisava de mais ajuda para vender.

O furacão *Obvious* me atingiu em uma das piores semanas da minha vida. Meu pai morreu dias depois do episódio com minha participação ir ao ar. Eu não tinha força para abrir os olhos e levantar da cama, mas também não podia deixar o curso do livro parar de seguir. Foi quando a vida me chamou de volta - a vida nos chama de volta - e Bel e Lu da Marisco me jogaram uma boia. Toparam, sendo elas uma editora, entrar nessa como distribuidora e manter meu livro sem selo, independente. Foi ajuste, aprendizado e muita, muita sorte. Falo por mim. Seis meses depois do livro lançado e, para minha constante surpresa, já muitos exemplares impressos vendidos, decidi ceder aos pedidos e colocar a história à venda na Amazon, mas só o e-book. Com a autonomia do independente, continuei vendendo o impresso apenas nas livrarias de bairro.

Na sequência veio o interesse de editoras, e eu mantendo o rolê independente, miúdo, em casa. Mas daí surgiu a Planeta, que acabou colocando o livro debaixo do braço pelas mãos do Cassiano e com o olhar fresco do Mateus, numa negociação supervisionada pela Agência Riff, que hoje me agencia - e esta última frase ainda soa estranhíssima para mim.

Hoje preparo outros livros, estudo, aprendo, para honrar este caminho que a literatura me colocou. Neste setembro de 2022, dois anos depois do lançamento da primeira versão, só sonho em continuar vendo histórias, ouvindo histórias, criando histórias. Sonho que as pessoas gostem de livros como eu gosto, que livros sejam boas companhias para alguém como sempre foram para mim. Quero que meus livros sejam lidos porque ser lida foi a porta que abriu todas as outras. Foram leitores – principalmente leitoras – que me deram meu primeiro selo. E o mais importante: continuo sem saber como agradecer, por isso escrevo. Continuo escrevendo.

Lorena Portela

Agradecimentos

A QUEM ESTEVE AQUI DESDE – ANTES – DO COMEÇO: RAQUEL Areia, Carolina Burgo, Camilla Leite, Cris Lisboa, Juliana Espanhol, Igor Barbosa, Marina Magalhães, Alex Rajan, Adna Rabelo, Letícia Mendes, Melissa Gurgel, Tatiana Lima, Joana Brito, Aline Galvão. A Rafaela Maia, especialmente, pelo todo dia. Às artistas e ilustradoras que fizeram parte da primeira edição, no livro e/ou nas ações de vendas: Alice Dote, Azuhli, Bia Penha, Dani Acioli, Flávia Rodrigues, Íldima Lima, Jaqueline Arashida, Karina Buhr, Lis Areia, Maria Eduarda Luz e Monica Maria. A quem deu força com o bonde andando: Camilla Ginesi, Bel & Lu da Marisco, Marcela Ceribelli, Sayonara Sarti. Às amigas que abriram as portas dos seus pontos de venda. Aos livreiros e livreiras que impulsionaram o rolê independente. A leitores e leitoras que leram, compraram, divulgaram, postaram, comentaram, sugeriram, deram de presente, falaram sobre, colocaram a boca no mundo e impulsionaram este novo projeto, esta nova versão, este novo momento que temos em mãos agora. A Cassiano, Mateus, Eugenia, Julia e Lucia, pelo frescor e respeito com que olharam para a história contada aqui. Por fim, ao Matt, pela presença e amor que fazem toda a diferença.

Acreditamos nos livros

Este livro foi composto em Roboto Serif
e impresso pela Lis Gráfica para a Editora
Planeta do Brasil em fevereiro de 2026.